Paul Martin

archi-secrètes

Les enquêtes de Brumm & Irving

L'A.M.O.U.R. contre-attaque

bayard jeunesse

Couverture : Antonin Faure

Illustrations intérieures : Paul Martin

© Images :
p. 52, 53, 59, 60, 80, 137, 142, 159-166, 174-176, 217 - © AdobeStock

ISBN : 979-1-0363-5793-0
Dépôt légal : juin 2024
Loi n° 49-956 du 16 juillet 1949
sur les publications destinées à la jeunesse.

Paul Martin

Les enquêtes archi-secrètes de Brumm & Irving

L'A.M.O.U.R. contre-attaque

bayard jeunesse

S.M.A.C.K.

Service Mondial d'Anquête Contre le Krime

Agent n° 0054

Prénom : Benjamin
Nom : Brumm
Âge : 11 ans
Type : jeune humain
Taille : 1,32 m
Poids : 27 kilos
Origine : Nordburg
Spécialités : conception de Plans Audacieux ; fabrication d'Équipement Astucieux
Faiblesses : incapable de mener à bien toute mission sportive
Signe particulier : ébouriffé

Agent n° 0081

Prénom : Irving
Âge : 6 ans
Type : Sur-Pluche, ours
Taille : 1,61 m
Poids : 83 kilos
Origine : créé par la chercheuse Claude Dagobert
Spécialités : dessin, intimidation
Faiblesses : gourmandise, timidité, paresse

Agente n° 0027

Prénom : Amanda
Nom : Asinov
Âge : 13 ans
Type : jeune humaine
Taille : 1,28 m
Poids : 29 kilos
Origine : ferme du Peskio
Spécialités : supervision, planification, stratégie, rêverie
Faiblesses : parfois un peu autoritaire
Signe particulier : assortit son T-shirt à son humeur

Amie et protectrice du S.M.A.C.K.

Prénom : Eleonora
Nom : Florimont
Âge : allons, est-ce si important ?
Type : grande dame
Taille : idéale
Poids : parfait
Origine : le sud
Spécialités : organisation de spectacles, subtilité, bravoure
Faiblesses : ne supporte ni l'injustice ni le mauvais goût

Adversaire du S.M.A.C.K.

Prénom : Valentine
Âge : 6 ans
Type : Sur-Pluche, ratonne laveuse
Taille : 74 cm
Poids : 7,5 kg
Origine : créée par la chercheuse Claude Dagobert
Spécialités : complot, sarcasme, dissimulation
Faiblesses : gourmande
Complices : toute une bande de Pluches sauvages créés de ses mains

Mon ami our
refuge secr
sous les ver
tente à nou
Pour le mom
partir d'anin
créer des o
armée cont
pour l'empê

Je commen
au Cap Loc
mon amie A
J'espère qu
à votre spe
bien de mo
causés.

Les Pluches

ⓘ Depuis deux décennies, des animaux domestiques ont été « améliorés » pour rendre toutes sortes de services aux humains. On les appelle les Pluches. Messagers, pilotes, guides, amuseurs, cuisiniers, ces animaux sont devenus indispensables à la vie de chacun. Ils suivent les « lois de la Smartfaune » qui les obligent à obéir aux humains et les empêchent de leur nuire.
Mais ces dernières années, des Pluches ont été fabriqués illégalement à partir d'animaux sauvages. Parmi eux, les « Sur-Pluches » : aussi intelligents que les humains – et parfois aussi dangereux. Irving l'ours, Valentine la ratonne laveuse et quelques autres font partie de ce groupe de Pluches sauvages, qui n'obéissent à aucune loi…

1– U
hum
3– U
capa
la pr
4– U
sauf
5– U
autre
enfre
6– Il

De : Benjami
cabine n° 2-0
À : Eleonora
place du Gra

Cap Locke, l

Je n'ai malheu
visite avant de
Je dois m'excu
ballon dirigeal
ratonne laveu
sauvages, ont
et j'ignore où

Je suis terribl
tracas, vous
nous recueill
désolé aussi
miel dans vot

Rapport de mission n° 001

Objet : Retour au *Narval*

De : Amanda Asinov (agente n° 0027)
À : Agents n° 0054 et n° 0081

Rapport tapé à : Cap Locke
Date : Mardi 1er septembre

Chers ag

Avant de
drais vou
retrouver

Le voyag
toute seu
puis le bo
qui mèn
jusqu'au

J'ai ret
paqueb
sent to

Rapport de mission n° 002

Objet : Ça sent la ratonne laveuse

De : Irving (agent n° 0081)

À : Agents n° 0027 et n° 0054

Rapport tapé à : Nordburg
Date : Mercredi 2 septembre

Rapport de mission n° 002

Chers humains

Et voilà, je me retrouve tout seul à Nordburg. Enfin non, en
vrai je ne suis pas
tout seul puisque mon refuge secret (je ne dirai pas où c'est, pour raisons
de sÉcuritÉ et parce que vous le savez dÉjà de toute façon) est aussi habitÉ
par
des humains très gentils avec moi.
Ils m'ont même prêtÉ cette
machine à Écrire
qui marche très bien mais je ne suis pas très douÉ pour l'utiliser/

N'empêche que
je me sens quand même
un peu seul sans vous. Et aussi,
l'ancienne chambre de Valentine où je suis installÉ est vraiment petite, et
elle sent le raton laveur. Ça me fait tout drôle d'habiter la chambre de
notre
ennemie. Son lit est vraiment Étroit.
Je passe beaucoup de temps au balcon à surveiller la rue
au cas où je verrais des indices sur nos
ennemis. Pour le moment, je n'ai rien vu du tout, mais c'est peut-être la
preuve qu'ils sont très forts. Le seul
truc nouveau
est une dizaine d'affiches collÉes sur le mur d'en face, qui disent :

A.M.O.U.R. :
tenez-vous prêts!

Je vais m'exercer à la machine à Écrire car pour le moment je ne suis pas
très habile, ainsi je viens
de passer 4 h 28 à Écrire ces
quelques lignes.

DiscrÉtion, EfficacitÉ, et le troisième je ne sais plus mais ça commence par
P.
Perfection?

Votre ours pré féré, Agent n°0081

A.M.O.U.R.
VAINCRA
TENEZ-VOUS
PRÊTS!

Rapport de mission n° 003

Objet : L'île d'Opaque

De : Amanda Asinov (agente n° 0027)
Benjamin Brumm (agent n° 0054)

À : Irving (agent n° 0081)

Rapport tapé à : Cap Locke
Date : Jeudi 3 septembre

Agent n° 0081, je sais que les machines à écrire ce n'est pas ton truc, mais il faut que tu fasses un effort. Trouve comment faire les « é » en minuscule, parce que c'est ÉnÉrvant de lire tous tes « É ».

De notre côté, nous n'avons pas perdu de temps depuis la rentrée. Enfin, si je ne compte pas les 4 heures de « programmation sur patates » du comte d'Ante, notre nouveau professeur de datajardinage. Je n'ai pas encore compris l'intérêt de planter des pommes de terre pour résoudre des additions, mais il a l'air de trouver ça très important.

Je laisse l'agent n° 0054 terminer ce rapport car j'ai rendez-vous avec un gars de ma classe, Jules Fleuret, pour préparer un exposé sur les vagues plates. Grosses bises, agent ursidé !

Ici l'agent n° 0054,
je prends le relais d'Amanda qui vient de quitter la salle d'étude pour aller voir cet imbécile de Jules Fleuret.

Hier, nous avons profité de la pause de midi pour marcher le long de la falaise. L'agente n° 0027 avait apporté sa longue-vue, cadeau du journal *Jeunes Pirates*. On a très bien vu les îles du Couchant, et le phare de l'île d'Opaque, qui a provoqué l'accident du *Narval* en 1934 en éblouissant le capitaine du paquebot. Il a ensuite été recouvert d'un abat-jour géant pour éviter de nouveaux accidents. Mes parents m'ont dit que c'était là qu'ils avaient créé leur club secret, quand ils étaient élèves au Cap Locke. Un peu l'ancêtre du S.M.AC.K. !

Fais attention à toi. Je te charge aussi de saluer mes parents et de leur dire que tout va bien pour moi au Cap Locke, à part le chou-fleur.

« Discrétion, Efficacité, Perspicacité »

et grosses bises.

GROUPE SCOLAIRE DU CAP LOCKE

Emploi du temps des 3e année (classe d'Amanda)

1re semaine du 1er trimestre

Début des cours : 8h33
Pause méridienne : 12h27-12h09
Fin des cours : 23h99

(note d'Amanda : c'est n'importe quoi ces horaires, en fait la pause de midi dure 1h30 et on sort de cours à 17h28)

Lundi

matin : Histoire et cartomancie (Arphaël Babinel)
après-midi : Sciences plus ou moins naturelles (Leïla Kératine)

Mardi

matin : Langages étranges et exotiques (Marc Normal)
après-midi : Éducation physique et chimique (Jules et Hercule Mérule)

Mercredi

matin : Échecs & maths (Pythagora Chauvin)
après-midi : Quartier libre. Ménage, lessive, taxidermie.

Jeudi

matin : Datajardinage (Comte d'Ante)
après-midi : Grammaire de l'étrange & langues moribondes (Hubert Biscorno)

Vendredi

matin : Arts plastiques et laineux (John Le Flan)
après-midi : Pâtisserie Quantique (Franck Chaix de Lavarène) ou Tricot d'Urgence (Monika Kzarnecki)

Samedi :

Activités sportives et ludiques facultatives mais conseillées.

- Pantoufle (art martial de confort)
- Jardinage acrobatique
- Solfège sous-marin

Dimanche :

Quartier libre. Les internes sont autorisés à sortir de l'établissement entre 9h03 et 19h56

Rapport de mission n° 004

Objet : Ractylos

De : Irving (agent n° 0081)

À : Amanda Asinov (agente n° 0027)
et Benjamin Brumm (agent n° 0054)

Rapport tapé à : Nordburg
Date : Vendredi 4 septembre

Chers agents,

C'est super ! Eleonora Florimont m'a envoyé un cadeau qui résout tous mes problèmes de machine à écrire. Un trio de Pluches de nouvelle génération, les « ractylos ». Ce sont trois rats de petite taille, très agiles, qui tapent parfaitement à la machine à écrire. Ils bondissent sur le clavier pendant que je dicte mon texte et ne font jamais de faute !

Ça me fait un peu bizarre d'utiliser ces petits gars, moi qui suis un Pluche sauvage. Mais je suis tellement soulagé de ne plus devoir taper ces rapports ! Eleonora est vraiment fantastique.

Les ractylos s'appellent Azert, Qwert et Robert. Ils ont chacun leur spécialité : Azert est spécialiste de la présentation, Qwert de la grammaire et Robert de l'orthographe.

Je peux leur dicter n'importe quelle phrase, même la plus compliquée, et ils se mettent aussitôt à sautiller sur le clavier. C'est rigolo à regarder, comme s'ils dansaient le cha-cha.

Attendez-vous à ce que je vous envoie plein de rapports à partir d'aujourd'hui !

« Discrétion, Efficacité, Chorégraphie »

et grosses bises.

LES RACTYLOS
VONT CHANGER VOTRE VIE
DICTEZ VOS TEXTES,
ILS SE CHARGENT
DU RESTE
Supernature
Grâce à la technologie INTERBÊTES®,
ces Pluches communiquent
pour une frappe garantie sans erreur.

Rapport de mission n° 005

Objet : Le rideau de la méduse

De : Benjamin Brumm (agent n° 0054)

À : Irving (agent n° 0081)
et Amanda (agente n° 0027)

Rapport tapé à : Cap Locke
Date : Samedi 5 septembre

Cher agent n° 0081,

J'ai lu à la bibliothèque un article sur tes « ractylos ». C'est une nouveauté créée par Supernature, le plus gros fabricant de Pluches.

Chaque trio de ractylos est reliée en permanence à Supernature pour s'améliorer et mettre à jour les règles de grammaire, etc. Supernature n'a pas révélé les détails de cette nouvelle technologie « *Interbêtes* », mais ça semble passionnant.

Parlons maintenant de NOS projets ! Amanda n'a pas eu beaucoup de temps à consacrer au Smack depuis deux jours, elle croule sous les devoirs, et le projet de calculateur géant du comte d'Ante rajoute du travail aux élèves de 3e année.
Moi, j'ai un devoir de « Sciences plus ou moins naturelles » : je dois faire un exposé sur « l'intelligence des algues ».
L'occasion rêvée pour aller explorer *Le Narval*, le paquebot qui nous sert de dortoir !

Depuis qu'il s'est échoué à côté du Cap Locke, il y a presque cent ans, *Le Narval* est utilisé comme logement pour les élèves. Les niveaux les plus bas, inondés, sont interdits en temps normal. J'ai eu un laissez-passer par madame Kératine, sous prétexte de récolter des échantillons d'algues.
Ce soir, après mon cours d'Histoire des légumes, je suis donc descendu dans l'amphithéâtre Poséidon. C'était la salle de spectacle du bateau. Sa scène est à moitié sous l'eau, elle sert parfois pour des spectacles marins. L'an dernier, les grands de 5e année ont joué un « concert pour cuivres et poulpes » qui a eu beaucoup de succès.

J'avais mis mes Superbottes (des bottes en caoutchouc normales, mais taille XXXL), afin de marcher dans l'eau vaseuse. J'avais un objectif en tête. Mes parents m'ont parlé du club « Le Rideau de la méduse ». Quand ils étudiaient au Cap Locke, cette association montait des pièces de théâtre. Aurore-Glorieuse Vaillante était la présidente de ce club, ils la connaissaient bien à cette époque, mais ils se sont fâchés ensuite car elle désapprouvait leurs recherches sur les Pluches.

Je voulais retrouver les archives de son association, dans l'espoir d'en apprendre plus sur elle.

Je suis descendu jusqu'à la salle Poséidon par l'escalier central. L'immense pièce a le sol couvert de trente centimètres d'eau. J'ai traversé le théâtre, dérangeant une colonie d'anguilles qui ont filé entre les sièges du premier rang, et j'ai pu entrer dans les coulisses. Tu n'aurais pas aimé l'ambiance marécageuse de cet endroit. Il fallait faire attention car le plancher est pourri, on risque à tout moment de passer à travers.

J'ai finalement trouvé l'ancienne salle du Rideau de la méduse, pleine de vieux décors moisis, couverts de moules et autres coquillages. Un char tiré par des dauphins en bois verni émergeait de l'eau verdâtre : dans la lumière de ma lampe torche, j'ai cru le voir bouger.

Les étagères étaient encore couvertes de livres et classeurs : des dizaines de pièces de théâtre, tellement abimées par l'humidité qu'elles tombaient en morceaux gluants dès que je les touchais. Quelle déception ! Si des notes d'Aurore-Glorieuse étaient dans cette pièce, elles sont devenues impossibles à déchiffrer.

J'ai mis des échantillons d'algues dans mon bocal, pour mon exposé. J'allais quitter la salle quand un décor accroché au mur a attiré mon attention. Une tour surmontée d'un projecteur : j'ai reconnu le phare de l'île d'Opaque !
Avec précaution, j'ai retourné la toile. Au dos était écrit « Phare. Actes 2 et 3 – Op. "La fille du pêcheur", AGV. » Comme Aurore-Glorieuse Vaillante ! Enfin une trace de la mystérieuse

autrice ! J'ai roulé la toile comme j'ai pu, et je l'ai remontée dans ma cabine, où elle sèche contre la bouche d'aération en face de mon lit.

L'heure du diner est arrivée. Je vais en discuter au réfectoire avec l'agente n° 0027 !

Rapport de mission n° 005

(suite)

Objet: Opération «Spectre du pêcheur»

De: agente n° 0027

Comme l'a très bien expliqué l'agent n° 0054, la piste «Aurore-Glorieuse Vaillante» mérite d'être suivie. Et le décor qu'il vient de découvrir prouve qu'Aurore-Glorieuse s'intéressait à l'île d'Opaque.

Voilà ce qu'on sait sur cette femme:

– Elle a étudié au Cap Locke il y a plus de 20 ans. Elle y a créé une pièce «La Fille du pêcheur» qui se passe dans le phare de l'île d'Opaque.
– Elle était contre la création des animaux modifiés; mais elle a aidé Claude Dagobert, la créatrice des Sur-Pluches– donc, Irving, Valentine et les autres.
– Elle a adopté l'aigle Barbara, une Sur-Pluche…
– Elle a composé l'opérette «La Reine des nuées» pour le théâtre Tortinelli.
– Elle a disparu de chez elle il y a quelques mois, peu de temps avant que Valentine monte son complot pour enlever Irving.

Elle est bien au cœur du mystère des Sur-Pluches. Peut-être est-elle prisonnière de Valentine? En tout cas, il faut la retrouver.
Agent n° 0081, je te propose une mission: chercher la pièce «La Fille du pêcheur» au théâtre Tortinelli qui conserve de nombreuses œuvres anciennes. Nous en saurons plus sur les activités d'Aurore-Glorieuse quand elle était au Cap Locke.

«Discrétion, Efficacité, Opérette!»

et grosses bises.

Annexe :
Voilà ce qu'ils nous obligent à faire pendant la pause de midi ! Ça ne va pas me permettre de consacrer autant de temps que nécessaire à notre enquête ! Mais je vais peut-être apprendre des informations sur les Pluches.
(Amanda)

Note à tous les élèves de 3e année

Projet C-COUL

L'innovation scientifique a toujours été au cœur de notre école. De nombreuses technologies ont été mises au point dans notre établissement :
– le radiateur de printemps
– la piscine à roulettes
– la maxi moufle

Nous avons la joie d'accueillir cette année un nouvel enseignant, le comte Valéry Giscard d'Ante, spécialiste en jardinage de l'information et fondateur de l'A.I.A.I.A.I. *
Le comte d'Ante est un des spécialistes du calcul bio. Il met au point un supercalculateur à cellules végétales, le C-COUL (Cerveau Calculateur Organique Universel Locke). Cet appareil est testé dans notre beffroi.

Nous demandons aux élèves de 3e et 4e année de participer à la programmation de ce cerveau artificiel. Le temps nécessaire à ce travail sera pris sur la pause de midi, à raison de 23 minutes par jour.

Élèves de 3e année :
Fournir au C-COUL nos archives sur la fabrication des Pluches.

* AIAIAI se prononce « Ayayaye ! »
Association Internationale des Astucieux Inventeurs d'Appareils Intelligents.

Rapport de mission n° 006

Objet : Gaufres et opérette

De : Irving (agent n° 0081)

À : Amanda Asinov (agente n° 00027)
et Benjamin Brumm (agent n° 00054)

Rapport tapé à : Nordburg
Date : Dimanche 6 septembre

Chers agents,

Les parents Brumm m'interdisaient jusqu'à présent de sortir, pour des raisons de sécurité. Pour passer le temps, j'ai essayé le minigolf installé dans l'appartement. Il faut frapper avec un bâton des petites balles toutes dures et les envoyer dans des trous. Ils m'ont dit que Benjamin est un champion à ce jeu et qu'il met toujours la balle dans le trou ! Moi, j'ai juste réussi à casser deux fenêtres et une soupière. Monsieur Brumm a inexplicablement changé d'avis sur mes sorties, et il dit qu'une promenade me fera du bien aujourd'hui. Je peux donc remplir la mission que vous m'avez confiée : trouver des informations sur la pièce d'Aurore-Glorieuse Vaillante.

Cette mission est risquée car nos ennemis surveillent peut-être le théâtre. Mais là-bas, il y a madame Florimont qui est très gentille et offre des chocolats chauds, et Jacky Courgette qui fait de très bonnes gaufres à la confiture.

Je suis arrivé sans encombre au théâtre, toujours aussi splendide, malgré les graffitis sur

« L'A.M.O.U.R. » peints sur sa façade. Madame Florimont a demandé de vos nouvelles, elle m'a dit qu'elle n'a toujours pas de pistes sur son dirigeable. Je l'ai remerciée pour les ractylos (qui tapent ce rapport). Avec sa délicatesse habituelle, elle a prétendu que ce n'était pas elle qui m'avait envoyé ce cadeau. Pourtant il y avait bien écrit « expéditeur : Florimont » sur le paquet.
J'ai commencé par me rendre à la cuisine pour un rapide goûter. Une heure plus tard, je suis allé dans la bibliothèque, au rayon des opérettes. « Bravo, Irving ! » (Vous auriez dit ça, si vous aviez été là.) Car j'ai trouvé un cahier « œuvres de jeunesse », qui contient la liste des pièces créées par Aurore-Glorieuse au Cap Locke. On découvre que les décors sont de Cassandra Florimont : sans doute la sœur d'Eleonora.
J'ai recopié la page qui parle de « La Fille du pêcheur ». Puis je suis reparti à l'appartement.

Je vous laisse car ça va être l'heure du diner et la maman de Benjamin a fait du gratin.

« Discrétion, Efficacité, Patates »
et grosses bises.

Annexe 006-1 :
La Fille du pêcheur

Opérette en trois actes d'Aurore-Glorieuse Vaillante
(4e année au Cap Locke)
Décors de Cassandra Florimont.

Acte 1 : Le succès de l'échoué
Lieu : Cabane du pêcheur

Prosper Gabbiano est un pauvre pêcheur de crabes qui vit sur la côte du Cap Plock avec son épouse Miseria. Ils font de leur mieux pour assurer à leur fille Alba une éducation irréprochable, dépensant leurs maigres revenus en disques pour son phonographe et en outillage. Alba est en effet passionnée de musique et de mécanique.
Un matin, Alba aperçoit un pêcheur dont le bateau s'est échoué sur la plage. Elle répare son moteur, et elle lui offre une plume d'albatros qu'il met à son bonnet. Le marin, Rémi, est le fils du gardien de phare de l'île voisine. Il promet de revenir la voir. À chaque visite elle lui donnera une plume d'oiseau (trois au total).

Acte 2 : Don Juan et Daron
Lieu : Île O'Pack.

Le père de Rémi refuse que son fils fréquente la fille du pêcheur. « Ces misérables sont indignes de notre famille. »
Il enferme son fils en haut du phare.
Rémi décide de se laisser pousser la barbe pour descendre jusqu'au sol. Mais il a très peu de poils et son plan est d'une lenteur désespérante.
Il utilise le phare pour envoyer à Alba des messages en morse. Elle lui répond en jouant de la musique sur son phonographe. Rémi déchiffre ses messages musicaux

veut dire « Ré mi la do ré » . Rémi l'adoré !
Les messages d'Alba deviennent de plus en plus compliqués, Rémi doit mélanger les lettres des notes pour les comprendre. Elle lui envoie

« Fa la fa la ré mi ré ré », ce qui veut dire « Far : filer à la marée ». Car elle a un plan ! Alba attend le moment où elle pourra traverser à pied sec pour rejoindre son amoureux sur son île.

Acte 3 : Mortelle marée
Lieu : Passage entre la côte et l'île à marée basse.

Pendant la grande marée basse de l'équinoxe, Alba met son plan à exécution. Elle rejoint à pied le phare de l'île O'Pack, afin de délivrer Rémi. Mais la mer monte plus vite que prévu. De son côté, Rémi s'est confectionné des ailes avec ses trois plumes. Il veut s'élancer à sa rencontre malgré la tempête. Tandis que les vagues assaillent Alba, Rémi s'élance - et retombe dans les récifs. La lumière du phare éclaire les corps sans vie des deux amoureux, enlacés dans une dernière étreinte sur les rochers battus par les flots.

FIN

ALPHABET MORSE

Amuse-toi à lancer ces messages dans la nuit !

Il te faut : une source lumineuse
(lampe de poche ou phare maritime).

Un point = un court signal lumineux
(compte jusqu'à 1)

Un trait = un long signal
(compte jusqu'à 3)

... / - - - / ... = **SOS**
.-.. / - - - / .-.. = **LOL**
.-.. / - - - / ...- / . = **LOVE**

Rapport de mission n° 007

Objet : Atchoum !

De : Benjamin Brumm (agent n° 0054)

À : Amanda (agente n° 0027)
et Irving (agent n° 0081)

Rapport tapé à : Cap Locke
Date : Mercredi 9 septembre

Rapport de mission n° 007

Chers agents,

Navré de ne pas vous avoir donné de nouvelles plus vite. Bravo à toi, n° 0081, pour la découverte de ce précieux document : je suis sûr que les informations sur « La Fille du pêcheur » vont nous aider. Même si je ne vois pas encore comment.

Hélas, je ne peux pas enquêter en ce moment, car une fièvre carabinée me cloue dans ma cabine. Je suis brulant comme un moteur d'aérotrain et je frissonne sous mes couvertures. Je crois que c'est mon expédition dans la zone immergée du *Narval* qui a provoqué ce refroidissement. Je suis trop épuisé pour faire autre chose que rester dans ma cabine, au lit la plupart du temps, ou en train de boire de la tisane anti-toux du Tatou.

J'espère guérir au plus vite car j'ai déjà manqué trois jours de cours, notamment les leçons de langues bizarres d'Hubert Biscorno. Continuez les recherches sans moi et prenez soin de vous !

« Discrétion, Efficacité, Pyjama »

et grosses bises.

TOUTE TASSE
de TATOU®
TUE LA TOUX !
Tisane
TATOU

Annexe 007-1
Post-scriptum destiné à l'agent n°0081

De : agente n°0027 (Amanda)

Cher Agent n°0081,
J'ajoute quelques mots au rapport de notre agent alité (Benjamin). J'étais très en colère contre lui quand je l'ai lu, car cela faisait quatre jours que j'attendais de ses nouvelles et il ne m'avait pas prévenue de sa maladie. Je me suis fait beaucoup de souci pour la bonne marche du S.M.A.C.K..
J'ai marché jusqu'à sa cabine et j'ai frappé à sa porte. Il m'a ouvert, et ma colère est tombée. Benjamin était affaibli et misérable dans son pyjama mal boutonné. Il a avalé avec plaisir la moitié du paquet de Biscuits du Vaillant Corsaire que je lui avais apporté. J'ai glissé dans le fond du paquet un petit cadeau qui lui remontera le moral lorsqu'il le découvrira : un « bon point » du Cap Locke.
Je t'envoie, cher Irving, une autre carte de la même série. Si tu es inquiet pour lui, sache que je veille sur notre ami et qu'à mon avis, il sera sur pied dans quelques jours.

« Discrétion, Efficacité, Pharmacie »

Rapport de mission n° 008

Objet : Cauchemar ou réalité ?

De : Benjamin Brumm (agent n° 0054)

À : Amanda (agente n° 0027)
et Irving (agent n° 0081)

Rapport tapé à : Cap Locke
Date : Jeudi 10 septembre

Je me suis réveillé ce matin vers 11 h, agité, migraineux, mais un peu plus en forme qu'hier. Mes draps étaient trempés de sueur et je serrais dans ma main un petit morceau de carton – l'image offerte par l'agente n° 0027 lors de sa visite d'hier après-midi. Sa visite n'était donc pas un rêve !

Je me suis alors souvenu d'un autre rêve, un mauvais rêve, dû à la maladie… En temps normal, je n'aurais pas raconté ce souvenir dans mes rapports de mission, mais il me semble important de le partager avec vous.

J'ai fait ce rêve ce matin. J'aurais dû me trouver en cours d'échecs et maths avec madame Pythagora

Chauvin. Au lieu de quoi, j'étais au lit, bercé par la fièvre et le bruit des vagues sur les rochers du Cap Locke. J'ai alors aperçu au loin le phare de l'île d'Opaque. Il semblait secoué par un tremblement de terre ! Soudain, sa porte s'est ouverte, et une créature velue en est sortie. Un être noir et blanc, habillé d'une parka de marin, d'au moins deux mètres de haut ! La chose est passée directement du phare à ma chambre, et a marché vers mon bureau !

Je me suis caché sous mes couvertures, et seul mon œil droit épiait la bête.

Elle a fouillé dans les affaires posées sur la table. Elle a renversé ma tasse de chocolat, éparpillé mes cours, et a découvert la boite en fer dans laquelle je dissimule mes documents les plus précieux – mes rapports du S.M.AC.K..
L'intrus a éparpillé mes documents, et a poussé un grognement mécontent. Il avait l'air de chercher quelque chose d'autre. Puis il est reparti dans le phare. J'ai replongé dans un sommeil profond.

Maintenant que je suis bien réveillé, j'ai vérifié : rien ne manque dans ma boite. Je l'ai tout de même mise dans une nouvelle cachette, impossible à découvrir.

J'espère que je serai bientôt remis, afin de pouvoir enquêter sérieusement sur cette étrange visite nocturne.

« Discrétion, Efficacité, Panique »
et grosses bises.

Rapport de mission n° 009

Objet : Un rapport impeccable

De : Amanda (agente n° 0027)

À : Benjamin Brumm (agent n° 0054) et Irving (agent n° 0081)

Rapport tapé à : Cap Locke
Date : Vendredi 11 septembre

Je note une tendance de certains agents (vous deux) à écrire les rapports d'une façon très peu professionnelle. Je vous rappelle que vous êtes des agents du S.M.A.C.K., un service d'élite consacré à la lutte contre le crime. Nous devons être précis comme la fléchette qui file vers l'œil du cyclope. Inutile de détailler nos goûters, et ce n'est pas non plus nécessaire de révéler le contenu des cartes « sentiments du monde » offertes par vos collègues.

J'ai rendu visite ce midi à l'agent n° 0054, consigné dans sa cabine pour raisons de santé.
J'ai inspecté les lieux afin de comprendre si son rêve ridicule peut comporter une part de vérité.
La peinture représentant le phare de l'île d'Opaque est posée contre le mur, face au lit : voilà pourquoi l'agent n° 0054 a aperçu ce bâtiment à son réveil.
En soulevant ce décor, j'ai découvert que :
a) la toile recouvre une grille d'aération ;
b) cette grille est déboitée, ce qui peut permettre à une créature de petite taille d'entrer dans la cabine ;
c) la toile est déchirée à l'endroit où la porte du phare est peinte. Une personne qui traverserait la toile par cette déchirure donnerait l'impression

qu'elle « sort » du phare, ce qui explique les visions de notre agent.
Par rapport au phare sur la peinture, le visiteur paraissait immense. En réalité, il ne doit pas dépasser 50 cm.

J'ai ensuite inspecté la table, et découvert deux empreintes dans du chocolat : les pattes arrière d'un blaireau. Ce blaireau est probablement un des Pluches sauvages de Valentine.

Enfin, une rapide recherche m'a permis de découvrir la boite en fer dans laquelle l'agent n° 0054 conserve ses rapports de mission : elle a juste été mise sous son lit. Cette nouvelle cachette choisie par l'agent n° 0054 est médiocre, voire minable.

Agent n° 0054, je vous ordonne de mieux dissimuler vos documents confidentiels, et de guérir au plus vite, car dans cette situation, nous ne pouvons pas nous permettre d'avoir le tiers de nos troupes au lit. Et puis je n'aime pas quand vous êtes malade.

« Discrétion, Efficacité, Professionnalisme »

Agente n° 0027

Rapport de mission
n° 009 bis

Objet : Rapport secret

De : Benjamin Brumm (agent n° 0054)

À : Irving (agent n° 0081)

Rapport écrit à : Cap Locke

Date : Samedi 12 septembre

Cher Irving,

Je t'envoie ce rapport encore plus secret que d'habitude, à toi seul, pour plusieurs raisons. Merci de ne pas en parler à l'agente n° 0027, en tout cas pas tout de suite.

On s'est un peu disputés avec l'agente n° 0027. Elle m'a accusé de ne pas être assez professionnel et attentif. Elle m'a sorti que je ne lui avais même pas dit que j'étais malade, et que je ne faisais pas attention aux indices importants. J'étais très énervé par ces reproches. Je lui ai répondu qu'elle est jalouse de mes talents d'agent.

J'ai dû taper juste parce qu'elle est aussitôt sortie de ma chambre.
Je pense qu'après ça, Amanda me doit des excuses. Je l'ai attendue hier après-midi, mais elle n'est pas passée. À 16 h 30, je suis allé voir dans la salle d'étude, et j'ai aperçu Amanda qui jouait aux échecs avec Jules Fleuret, un type de sa classe (totalement idiot). J'ai préféré faire comme si je ne les avais pas vus et je suis rentré goûter tout seul dans ma chambre.

Bon, enfin, je suis guéri et c'est le principal. Le sujet vraiment grave de ce rapport arrive, et ça me semble bien plus inquiétant. Je l'envoie dans le prochain rapport car il concerne aussi Amanda.

Rapport de mission n° 010

Objet : La chose qui erre dans les couloirs

De : Agents n° 0027 et n° 0054

À : Agent n° 0081

Rapport tapé à : Cap Locke

Date : Samedi 12 septembre

Nous écrivons ce rapport à deux, et c'est moi, Benjamin, qui commence :

Cette nuit, j'ai été réveillé par la pleine lune, qui m'éblouissait presque – il n'y a pas de volets aux hublots du *Narval*.
C'est alors que j'ai entendu du bruit. Quelqu'un – ou quelque chose – faisait tourner doucement la poignée de ma porte.

J'ai réfléchi à toute vitesse à ce que je devais faire. « D'un bond, je peux sortir du lit, faire une roulade le long de la commode, et saisir au passage mes chaussons. Il me faut trois secondes pour les enfiler. Ensuite, il me faut une arme pour me défendre : soit le couteau à beurre posé sur la commode (pas très dangereux avec son bout rond), soit la grande équerre en bois sur mon bureau, qui peut donner de terribles coups avec son angle droit, ou piquer avec son angle pointu. »
Mais je n'ai pas eu besoin de faire ça, parce que personne n'est entré. La serrure a cliqueté trois fois. Et puis plus rien. J'avais fermé le verrou.
J'ai entendu des pas qui s'éloignaient.

Après un long moment d'attente, je me suis levé, j'ai mis mes chaussons et ma robe de chambre, et j'ai pris le couteau à beurre et l'équerre. Très lentement, j'ai déverrouillé la porte et je suis sorti. La coursive était déserte, seulement éclairée par les lampes de sécurité, qui donnent juste assez de lumière pour ne pas se cogner sur les cloisons. Je suis sorti, le cœur battant comme une machine à laver sur « essorage maximum ».

En refermant la porte derrière moi, j'ai senti quelque chose de poisseux sur la poignée. J'ai regardé sur le sol, et j'y ai vu trois taches rouges. Du sang !

Les taches se répétaient sur le sol, dans la direction du couloir d'Amanda. Brandissant mon équerre, je me suis mis à courir vers sa cabine. Heureusement que j'étais en chaussons, car sinon j'aurais réveillé tout le monde.

Devant sa cabine, j'ai hésité. Que faire ? Frapper à la porte, au milieu de la nuit ? Au risque de réveiller mon amie alors que rien ne la menaçait ? Et, dans le cas inverse, si le danger était réel, mieux valait avoir l'avantage de la surprise.

Je suis entré sans bruit, sans refermer la porte derrière moi.

Sa cabine était légèrement éclairée par la pleine lune. Je devinais l'agente n° 0027, allongée dans son lit, qui tournait et tressautait comme si elle faisait un rêve agité.

Pas trace d'un intrus. Enfin, si : moi ! Si elle se réveillait et me découvrait en robe de chambre, une équerre et un couteau à beurre à la main, elle se dirait que je suis trop bizarre, et elle aurait raison.

J'allais ressortir, quand Amanda a poussé un cri. Par un réflexe idiot, je me suis précipité sous son lit. C'est là que les choses ont commencé à se corser, car il y avait déjà quelqu'un à cet endroit !

Rapport 10 : La chose qui erre dans les couloirs (suite)
De : Agente n° 0027

Voilà, je prends le relais de l'agent n° 0054, après son récit bizarre et incohérent.

Je dormais profondément, rêvant que je mangeais de la confiture de fraises, quand j'ai eu la certitude d'entendre le bruit d'une respiration. Je me suis réveillée en sursaut, et j'ai aperçu, dans la blanche lumière de la lune, une silhouette étrange qui a plongé vers le sol de ma chambre.

J'ai aussitôt saisi mon DINDON et j'ai sauté sur le plancher, en position d'attaque. J'ai vu quatre pieds qui dépassaient. Sans me poser trop de questions, j'ai donné des coups de DINDON un peu partout, provoquant des « COUIC ! » (le bruit du DINDON), des « KAÏ » (cri animal) et des « Ouille ! » : ces derniers prononcés avec une voix humaine que j'ai reconnue, celle de l'agent n° 0054.
J'ai alors cessé de taper, et j'ai reculé afin d'allumer ma lampe.
Une silhouette de petite taille a jailli de sous le lit et a foncé vers la porte ouverte. J'ai tenté de l'arrêter, mais mes mains n'ont retenu que son vêtement : un ciré jaune.

Rapport de mission n° 010

L'animal, au poil noir et blanc, a filé dans le couloir. Pendant ce temps, l'agent n° 0054 sortait de sous le lit en gémissant « ouille ouille ouille, ne tape pas, c'est moi ! ». Il était en robe de chambre et serrait une équerre contre lui, et j'ai eu un fou rire, qui apparemment l'a blessé plus que mes coups.

L'agent n° 0054 m'a ensuite donné des explications incohérentes sur une piste sanglante qui l'aurait mené à ma chambre. Je ne suis pas encore très convaincue par sa version, surtout après ses récents rêves bizarres. Mais il faut admettre qu'il est arrivé au bon moment, car il y avait en effet un espion dans ma chambre : encore ce blaireau en ciré.
Cette fois, j'ai pu lui arracher son vêtement, et l'espion est reparti bredouille (heureusement que moi, je ne garde pas mes secrets cachés sous mon lit). Et surtout, il nous a livré un indice.
Dans la poche du ciré, j'ai découvert un document précieux – bien qu'énigmatique. Je le mets en annexe de ce rapport. Cette fois, la culpabilité de Valentine est établie, c'est elle qui lui a donné l'ordre de nous espionner !

« Discrétion, Efficacité, PAF ! »

Agente n° 0027

Annexe 1 :
Le DINDON
(Dispositif Ingénieux de Défense pour Opérations Nocturnes)

Ce doudou dodu
est aussi discret qu'efficace comme arme
en cas d'alerte nocturne.

Annexe 2 :
Papier trouvé dans la poche du blaireau

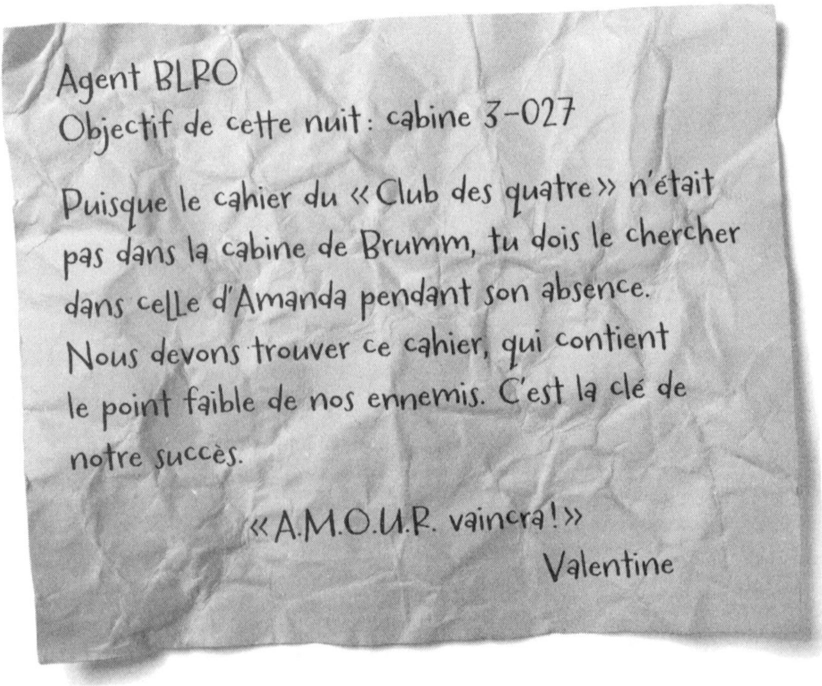

Agent BLRO
Objectif de cette nuit : cabine 3-027

Puisque le cahier du « Club des quatre » n'était pas dans la cabine de Brumm, tu dois le chercher dans celle d'Amanda pendant son absence. Nous devons trouver ce cahier, qui contient le point faible de nos ennemis. C'est la clé de notre succès.

« A.M.O.U.R. vaincra ! »

Valentine

Rapport de mission n° 011

Objet : Puzzles de 15 000 pièces

De : Irving (ours)

À : Agents n° 0054 et n° 0027

Rapport tapé à : Nordburg
Date : Lundi 14 septembre

Bonjour chers humains,

Bravo pour votre mission de contre-espionnage ! Ce blaireau fouillait donc vos affaires à la recherche d'un cahier du « Club des quatre » qui dit comment nous vaincre. Je ne vois pas ce que c'est que ce « Club des quatre » (un nom vraiment banal, ceux qui ont créé une telle organisation n'arrivent pas à la cheville du S.M.A.C.K.). Et à part la gourmandise, la paresse et le fait que nous sommes juste deux enfants et un jeune ours, nous n'avons *aucun point faible.*

Mais j'ai des informations importantes à vous donner. Je suis retourné hier au théâtre Tortinelli, pour chercher de nouveaux indices. Quand je suis arrivé, il y avait un spectacle. Ça m'a fait tout drôle de voir le public assis dans la salle, comme si je trouvais ma chambre occupée par des étrangers. En fait, c'est plutôt moi, l'étranger : les Pluches ne sont jamais invités aux spectacles des humains. La troupe jouait une pièce inspirée de Molière : *Les Bêtes savantes.* Ça raconte l'histoire d'animaux qui veulent devenir aussi cultivés que les humains, et plein de gens les ridiculisent. Je ne sais pas comment ça se termine parce que j'ai juste regardé pendant dix minutes, et ensuite je suis parti. Je crois que ça m'a rendu un peu triste.

Je voulais aller à la bibliothèque pour trouver d'autres pièces d'Aurore-Glorieuse, et un livre de recettes de pâtisserie. Mais comme Eleonora n'était pas là pour me guider, je me suis trompé de porte. Je suis entré dans une pièce que je ne connaissais pas : la salle du conseil.

C'est une petite salle avec des beaux rideaux verts aux fenêtres, et des tableaux qui représentent d'anciens directeurs et directrices du théâtre. Sur la cheminée il y a un buste d'Otto Tortinelli, le créateur du théâtre.

Une grande table occupe le milieu de la salle, avec des chaises autour. Elle est assez vaste pour faire des puzzles d'au moins 15 000 pièces. Ça doit être difficile. Moi, je commencerais par faire les bords, je pense. Sur la table, il n'y avait pas de puzzle, juste une pile de tracts.

La salle contient aussi un meuble avec plein de

tiroirs. Je sais qu'il ne faut pas fouiller dans les affaires des gens, surtout ceux qui vous aident comme Eleonora Florimont, que j'aime beaucoup. Mais je me suis souvenu que je suis agent du S.M.A.C.K., le *Service Mondial d'Anquête Contre le Krime*, et que c'est mon devoir d'enquêter sur tout. Alors j'ai tiré sur le premier tiroir. Il était fermé à clé. Impossible de l'ouvrir. J'ai secoué un peu, quand même. Une feuille est tombée par terre : elle devait être coincée entre le mur et le meuble. Je l'ai ramassée.

Je joins à mon rapport le tract et la feuille, j'aimerais bien savoir ce que vous en pensez. Est-ce que vous connaissez « Genre humain », le nom indiqué sur ces papiers ? Et est-ce que vous saviez que madame Florimont en fait partie ? Je ne réussis pas à croire qu'elle n'aime pas les Pluches… C'est sûrement une erreur, ou une farce…

J'ai quitté le théâtre alors que les applaudissements du public retentissaient dans la salle. Je pense que personne ne m'a vu.

Je n'ai pas trouvé de recette de gâteau, alors hier soir j'ai fait des crêpes, je les réussis toujours. Monsieur et madame Brumm ont dit qu'elles étaient délicieuses et que je pouvais terminer les 21 qui restaient.

« Discrétion, Efficacité, Pâtisserie »

Irving

Annexe 1 :
Tract trouvé dans la salle des portraits du théâtre Tortinelli

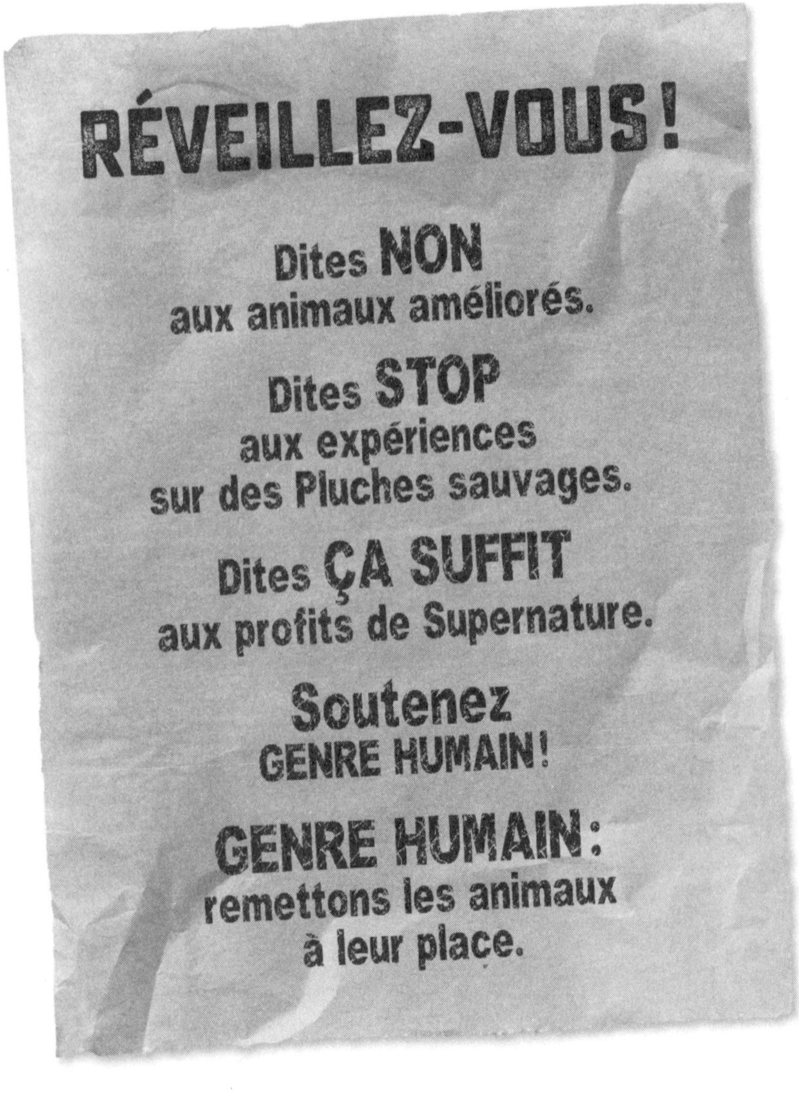

Annexe 2 :
Document manuscrit
trouvé dans la salle des portraits

GENRE HUMAIN

Réunion du 3 septembre

Ordre du jour :

1 – Les Pluches sauvages : menace ou alliés potentiels dans notre lutte ?
Résumé des évènements de cet été par E.F.
Point sur la disparition du dirigeable, et la suspension du projet « Reine des nuées ».

2 – La disparition d'A.G.V.
La fondatrice de notre mouvement n'a toujours pas donné signe de vie. Sa disparition est peut-être liée à la « révolte » des Sur-Pluches. Il est clair que Valentine et ses alliés veulent s'attaquer à leurs créateurs, les humains. Aurore-Glorieuse en sait beaucoup sur l'origine de ces créatures : ont-elles voulu l'empêcher de parler ?

3 – Nouveautés chez Supernature : Interbêtes, un système qui met les Pluches « en réseau », nouvelle menace pour nos libertés ? Ces Pluches peuvent-ils espionner leurs utilisateurs ?

4 – Nos actions de sensibilisation du public :
- distribution de tracts au parc Bron
- un nouveau spectacle par la troupe d'E.F.

5 – Comptes de l'année écoulée
Déficit de 48 pistoufles. Projet : vente de gaufres.

PS Secret
seulement pour toi, Benjamin

J'ai bien lu ton rapport n° 009 bis qui m'explique tes aventures nocturnes et tes inquiétudes à propos d'Amanda.
En général, je comprends de travers les histoires des humains, alors je ne sais pas quoi te dire. Si j'essaie de deviner, je risque de raconter n'importe quoi, par exemple qu'elle se faisait du souci parce qu'elle t'aime beaucoup. C'est sûrement complètement idiot.

En fait, je me souviens que quand je vivais dans la famille d'Amanda, ses parents fermaient sa chambre à clé les nuits de pleine lune. Une fois, je les ai entendus dire qu'elle risquait une attaque de « Som-Nikulini ».
Je ne sais pas qui est ce « Som-Nikulini » mais tu devrais te renseigner là-dessus, si ça se trouve c'est cette créature qui est venue pendant la pleine lune. Tiens-moi au courant, parce que ça fait peur.

Irving

LE GRAND THÉÂTRE
Tortinelli
Nordburg

Grand Théâtre Tortinelli, Nordburg
De : Eleonora Florimont, directrice
Pour : Benjamin Brumm, internat du Cap Locke, cabine numéro 3-054

Lundi 14 septembre

Mon cher Benjamin,

Mon ballon dirigeable, le Fernand-Léger, a été retrouvé!
C'est ma propre sœur, Cassandra, qui m'a annoncé cela! Je n'ai presque jamais de ses nouvelles, et là, elle me signale qu'on a trouvé mon appareil volant. Il s'est écrasé sur la ligne de « La Flèche Rouge », l'aérotrain Nordburg-Ostreville, dans le bois de Mondésir. Ma sœur habite tout près. Elle a entendu parler de cette découverte, il y a quatre jours, et elle a aussitôt pensé à mon aérostat disparu.
Il lui a fallu un moment pour voir l'épave, mais les photos qu'elle a prises et m'a envoyées hier prouvent

qu'il s'agit bien du Fernand-Léger. Le ballon a perdu tout son gaz, cependant la cabine semble intacte.
Il devait voler bas, chargé de tous ses passagers, et il est entré en collision avec la voie de l'aérotrain, qui s'élève à plusieurs mètres au-dessus de la forêt. Il est alors tombé sous la végétation, dans une zone difficile d'accès.

Cassandra m'assure qu'elle va tout organiser pour que je le récupère au plus vite.
Impossible évidemment de savoir où sont passées Valentine et ses Pluches sauvages qui étaient à bord. Selon ma sœur, il n'y a aucune trace des occupants. Ces animaux de malheur ont sûrement trouvé refuge dans la forêt. J'espère qu'ils y resteront!

Je vous tiendrai au courant des suites de cette découverte. En attendant, portez-vous bien et étudiez en paix.

Avec toute mon affection,

Eleonora

Rapport de mission n° 012

Objet : Eleonora et « Genre humain »

De : Amanda (agente n° 0027)
et Benjamin Brumm (agent n° 0054)

À : Irving (agent n° 0081)

Rapport tapé à : Cap Locke
Date : Mardi 15 septembre

Cher agent n° 0081,

Pour commencer, je résume les dernières informations afin que tout soit bien clair pour toi, et aussi pour l'agent n° 0054 qui me semble un peu brumeux ces derniers temps. Il est derrière moi tandis que je tape ce rapport dans la bibliothèque de l'école, mais il est plongé dans la lecture d'un livre qui n'a rien à voir avec notre enquête, *Le Grand Livre des pleines lunes* !

Donc, nous avons récemment appris que :

1 – Aurore-Glorieuse Vaillante a créé « Genre humain », une organisation qui se réunit au théâtre Tortinelli et dont Eleonora fait partie. Genre humain est un groupement anti-Pluches.

2 – Eleonora a une sœur ainée, Cassandra, qui vient de retrouver le dirigeable Fernand-Léger volé par Valentine. Eleonora nous avait déjà dit que sa sœur a fait ses études au Cap Locke, et nous savons grâce au document trouvé par Irving

que c'est elle qui a réalisé les décors de sa première opérette d'Aurore-Glorieuse.
Cela démontre que cette Cassandra connaissait la poétesse disparue. Est-elle liée à toute cette affaire ?

3 – Des Pluches sauvages (au moins un blaireau) ont réussi à entrer dans nos cabines. Ils cherchent un mystérieux cahier du « Club des quatre » qui contient « le point faible de leurs ennemis ». Où est ce cahier et que contient-il vraiment ?

Voilà, je passe la machine à Benjamin parce que je commence à avoir mal aux poignets à force de taper.

Bon, ici Benjamin.
Bravo à Amanda pour ce résumé très complet. De mon côté, je viens de terminer le livre sur la Lune, c'est fou ce qu'on y apprend. Par exemple, savais-tu que les nuits de pleine lune, les artichauts poussent légèrement penchés vers le nord ? J'ai aussi appris divers troubles du sommeil ces nuits-là, comme le somnambulisme (marcher tout en dormant), la caprimanie (se prendre pour

une chèvre), ou la **somniculinie** (se lever pendant son sommeil pour aller faire de la cuisine).
Mais Amanda me fait signe que tout cela n'a aucun rapport avec notre affaire, alors je continue sur notre enquête.

Vois si tu peux en savoir plus sur les plans secrets d'Eleonora Florimont, et sur sa sœur, la mystérieuse Cassandra. Tu peux questionner mes parents à son propos, ils l'ont sans doute connue quand ils étaient au Cap Locke.

« Discrétion, Efficacité, Patience »

Agent n° 0054

AÉROTRAIN
La Flèche Rouge
RAPIDE
comme un chacal
NORDBURG
SAINT-PATTY
FORT-ÉPRIS
LAJALLE-LOUZY
MONDÉSIR
OSTREVILLE
CAP LOCKE
CONFORTABLE
comme une pantoufle

Rapport de mission n° 013

Objet : Ruse géniale

De : Irving (agent n° 0081)

À : Amanda (agente n° 0027),
et Benjamin Brumm (agent n° 0054)

Rapport écrit à : Ligne Nordburg–Ostreville
Date : Mercredi 16 septembre

Chers agents humains du S.M.A.C.K.,

J'ai bien reçu votre dernier rapport hier soir. J'ai demandé à vos parents si le « Club des quatre » leur dit quelque chose, et apparemment j'ai touché juste : Marthe, la maman de Benjamin, m'a dit que c'était un groupe qu'ils avaient fondé au collège avec deux amies, mais que depuis ils se sont brouillés avec elles. Elle m'a promis de m'en reparler, mais j'ai dû partir très tôt ce matin. Ses explications attendront mon retour !

J'écris ce rapport à la main car je n'avais pas la place de prendre ma machine et mes ractylos dans mon sac.
Je suis dans l'aérotrain « La Flèche Rouge ». Oui, me voilà parti en mission lointaine.
Je suis le seul agent du S.M.A.C.K. disponible pour enquêter sur le dirigeable Fernand-Léger dans le bois de Mondésir.
Et puis, je l'avoue : je m'ennuyais un peu en ville, chez les parents de Benjamin. Après tout, je suis moi aussi un Pluche sauvage : cette mission en forêt me tente beaucoup !

Rassurez-vous, je voyage en toute discrétion et sécurité.
À bord de cet aérotrain, un ours Pluche attirerait

l'attention de tous, contrôleurs, passagers et espions ennemis. J'ai donc décidé de ruser…

Je suis retourné ce matin au théâtre pour demander l'aide du costumier, Edmond Gogothe.
Je pensais me grimer en humain. Peut-être un vieux moustachu, ou pourquoi pas, une fillette avec des boucles dorées ? Hélas le théâtre Tortinelli ne possède aucun masque d'humain. Puisque les comédiens sont déjà des humains, cela ne présenterait aucun intérêt pour eux. Il leur suffit de mettre de fausses moustaches pour se transformer. Je voulais bien essayer des fausses moustaches, mais Edmond dit qu'Aurore-Glorieuse Vaillante les a empruntées peu de temps avant sa disparition. Se sentait-elle menacée, et voulait-elle se déguiser pour échapper à Valentine ? Edmond n'en sait rien. Il lui restait seulement des masques d'animaux

utilisés dans leur dernière pièce. J'ai opté pour une bête à la nature paisible, qui n'attire pas trop l'attention à la campagne puisque c'est là que je me rends. Ce nouveau visage s'adapte parfaitement sur le mien. Seules ses cornes me gênent un peu, surtout quand je veux rabattre ma capuche.

Grâce à ce masque, je passe parfaitement inaperçu dans l'aérotrain.

Je vais rechercher le dirigeable. Si c'est bien Cassandra, la sœur d'Eleonora, qui l'a trouvé, j'en apprendrai peut-être plus sur cette femme qui semble complice de Valentine. Rassurez-vous, je ne prendrai aucun risque.

Je termine ce rapport car des voyageurs viennent d'entrer dans mon compartiment.

« Discrétion, efficacité, MEUH »

Irving

Rapport de mission n° 014

Objet : Vives remontrances

De : Amanda (agente n° 0027)
et Benjamin Brumm (agent n° 0054)

À : Irving (agent n° 0081)
à la poste de Mondésir

Rapport tapé à : Cap Locke
Date : Jeudi 17 septembre

Irving,

Nous venons de recevoir ton rapport rédigé hier dans l'aérotrain et nous pensons que tu as fait une ÉNORME BÊTISE en partant seul pour cette mission.
Tout d'abord, je te rappelle les points n° 26 et 27 du règlement de notre service :

26 – Un agent du S.M.A.C.K. ne doit jamais partir en territoire ennemi sans l'accord de sa hiérarchie.

27 – Toute mission en territoire ennemi doit être effectuée par un groupe comprenant au moins deux agents du S.M.A.C.K. (et au maximum trois, vu que nous ne sommes que trois).

Et je te demande maintenant : est-ce que le bois de Mondésir est un territoire ami ? As-tu demandé mon accord ?? Et quel agent t'accompagne dans cette mission ???

Selon les informations dont nous disposons, il est probable que Valentine et sa clique sont cachées

dans cette forêt. De plus, nous savons aussi que Cassandra, la sœur d'Eleonora Florimont, est là-bas pour récupérer l'épave du Fernand-Léger. Et l'agent n° 0054 a découvert hier des informations cruciales à propos de cette personne, informations qui confirment que si tu tombes entre ses mains, tu es en GRAND DANGER. Je dirais : péril de niveau 4 !
Je passe ma machine à écrire à l'agent n° 0054 qui va t'exposer ses dernières découvertes.

« Discrétion, Efficacité, RÈGLEMENT »

Amanda

Annexe :
Niveaux de péril du S.M.A.C.K.

NIVEAU 0
Agent en sécurité dans un lieu agréable.

NIVEAU 1
Agent en pénurie de goûters,
ou ne pouvant accéder à un lit confortable.

NIVEAU 2
Agent égaré, piqûre de moustique,
voisins pénibles, froid aux pieds.

NIVEAU 3
Agent accablé de travail,
mélancolique, jaloux ou fiévreux.

NIVEAU 4
Agent perdu dans la jungle, le désert,
ou tombé aux mains de l'ennemi.

NIVEAU 5
Agent en danger de mort.

Rapport de mission n° 014 (suite)

De : agent n° 0054 (Benjamin)

Mon vieil Irving,

Je prends la suite d'Amanda. En lisant son message, tu as déjà eu ton compte de reproches, donc je n'en rajoute pas. Au cas où tu te demanderais d'où sortent ces articles 26 et 27 du règlement, je t'informe qu'elle vient de les écrire.
Nous sommes très inquiets pour toi. Je ne sais pas au juste en quel animal tu t'es déguisé, mais j'espère que c'est une hirondelle et que tu vas pouvoir t'envoler pour quitter ce bois aussi vite que possible.

Mais place aux *révélations.*
J'ai assisté hier à un cours donné par monsieur Babinel, mon professeur d'histoire et cartomancie. Car je suis au Cap Locke pour étudier, pas seulement pour déjouer de sombres complots.
Ce cours raconte l'histoire des Animaux améliorés. Tu te souviens que mes parents ont fait partie des savants qui ont mis au point les Pluches ? Le cours n'a pas parlé d'eux, et j'aime autant, car je n'avais pas envie de me faire remarquer. Il a surtout été question de Supernature, la compagnie qui a créé les Pluches. Ce que j'ignorais, c'est le nom de sa dirigeante. Monsieur Babinel a dit qu'elle avait été élève au Cap Locke comme nous. Il l'a connue quand il était un tout jeune professeur : elle s'appelle... Cassandra Florimont !

Oui, c'est elle la sœur ainée de notre « amie » Eleonora Florimont ! Cette femme dirige maintenant le plus gros fabricant de Pluches. Par exemple, les ractylos, qui tapent tous tes rapports depuis la rentrée ! Supernature peut t'espionner grâce à sa technologie « Interbêtes » qui transmet tout ce qu'ils écrivent, sous prétexte de les rendre meilleurs en grammaire. Heureusement que tu ne les as pas emportés avec toi à Mondésir, au moins ils n'ont pas tapé ton dernier rapport.
Cette histoire de dirigeable échoué cache quelque chose ! C'est dans le bois de Mondésir que se trouve la Mégaplucherie Supernature, l'usine géante où sont fabriqués les Pluches. Si ça se trouve, Cassandra a tout organisé depuis le début et elle contrôle Valentine ! N'y vas surtout pas.

Quand tu auras lu ce rapport, fais-le disparaitre. Le mieux est que tu le manges. Je tartine cette feuille d'une fine couche de miel, ça t'aidera à le faire passer. Puis rentre aussi vite que possible à Nordburg, chez mes parents.

Nous allons mettre au point un plan pour la suite des opérations. Ne prends plus aucune initiative en attendant.

« Discrétion, Efficacité, Planque »

Benjamin

Rapport de mission n° 014

Objet : Rencontres en tous genres

De : Irving

À : Amanda et Benjamin

Rapport écrit à : Bois Pompette

Date : Jeudi 17 septembre

Chers agents,

Tout va bien.

J'avais terminé un peu brusquement mon dernier rapport, parce que des gens venaient d'entrer dans mon compartiment de l'aérotrain.

En fait, cette arrivée de voyageurs a fait progresser mon enquête de façon inattendue ! Parmi eux, il y avait un homme très élégant, avec une encombrante mallette. Il a expliqué qu'il transportait son outil de travail pour une mission urgente. Les autres passagers lui ont demandé ce que c'était (moi, je terminais d'écrire mon rapport).

Eh bien, ce monsieur, un certain Nestor Duval, est « couturier de l'extrême » ! Il intervient pour des travaux d'aiguille particulièrement délicats, comme la réparation de voiles des quatre-mâts dans les tempêtes du Grand Nord, ou les bonnets des éléphants du Maharajah de Samsoul.

Ce couturier se rendait donc à Mondésir afin de réaliser… la réparation d'un ballon dirigeable échoué en pleine forêt, pour le compte de la société Supernature !

Heureusement, grâce à mon masque, les autres passagers n'ont pas vu la surprise sur mon visage.

Rapport de mission n° 014

J'ai fait semblant de dormir afin de ne pas me faire remarquer. J'ai imaginé un plan : je proposerai d'aider Nestor Duval à sortir sa lourde machine, pour gagner sa confiance, et voir où il allait.
Mais ce plan n'a pas fonctionné. À force de faire semblant, je me suis vraiment endormi... J'ai été réveillé en sursaut par l'annonce : « Gare de Mondésir, une minute d'arrêt ! »
J'ai juste eu le temps de sauter hors du wagon.
J'ai aperçu Nestor Duval à l'arrière d'une camionnette Supernature, sur la route qui s'enfonce dans la forêt.

J'étais seul sur le quai. La pluie commençait à tomber.
J'ai commencé à regretter les gaufres que madame Brumm prépare chaque jour à cette heure-là.
Je suis allé dans la gare pour poster le rapport que je venais d'écrire (celui que vous avez dû recevoir hier) et j'ai décidé de prendre la même direction que la camionnette. J'espérais retrouver Nestor Duval, car il avait précisé qu'il allait non loin de la gare.

« Non loin de la gare ».
Voilà une phrase qui n'a pas le même sens si on est dans une automobile, ou si on marche sur une route sous la

pluie. J'ai rabattu ma capuche comme j'ai pu, malgré les cornes de mon masque, et j'ai avancé.
Après une heure de marche, je commençais à être épuisé et très humide. Je ne voyais aucune trace de dirigeable, de couturier, ni de crêperie. J'ai alors aperçu un chemin parallèle à la route, mais situé sous les arbres – et donc à peu près au sec. Il me suffisait pour y arriver de sauter par-dessus le fossé. Je me suis donc élancé, mais ma capuche a tiré mon masque vers l'arrière, ce qui m'a momentanément aveuglé. Bref, je suis tombé dans le fossé. Cette fois, j'étais vraiment trempé. Je me suis relevé, j'ai secoué la boue de mon pantalon, et j'ai pris le chemin en grommelant.
C'est seulement après une vingtaine de minutes que j'ai réalisé que ce sentier n'était pas du tout parallèle à la route. Je m'étais enfoncé dans le bois de Mondésir, sans m'en rendre compte. Et il commençait à faire sombre.

La règle numéro 4 du S.M.A.C.K. dit :
« Un agent du S.M.A.C.K. ne doit jamais paniquer. »
Je me suis donc obligé à respirer profondément, ce qui a produit un bruit rigolo quand mon masque s'est plaqué sur ma truffe.

J'avais deux possibilités : continuer sur le chemin, ou repartir vers la route.
Le sentier montait jusqu'à un virage. J'ai décidé d'aller jusque-là, pour voir où il menait. Et pour une fois, j'ai eu raison : car juste après le tournant, j'ai découvert une maisonnette.
« Une grosse cabane » serait plus juste pour décrire cette grosse cabane. De la fumée sortait de sa cheminée, preuve qu'elle était habitée et surtout, chauffée !

Rapport de mission n° 014

J'ai frappé à la porte : pas de réponse. Je l'ai poussée doucement en disant : « You-ouh ? » Pas de réponse.
Je suis entré. Une odeur assez forte mais pas déplaisante m'a sauté à la truffe : un mélange de puissantes senteurs animales et de soupe aux poireaux.
La maisonnette était divisée en deux pièces. Sur la table de l'entrée, aménagée en cuisine-salle à manger, trois minuscules bols étaient remplis de soupe encore tiède. J'avoue que la faim a été plus forte que la prudence, et je les ai avalés sans trop me demander si j'en avais le droit. J'aurais aimé m'asseoir, mais les trois chaises installées autour de la table étaient bien trop petites.
Je suis entré dans la seconde pièce : une chambre à coucher, meublée de trois lits. Le premier était bien trop étroit pour moi. Le deuxième et le troisième aussi, ils faisaient tous la même dimension.
En les poussant les uns contre les autres, j'ai obtenu un lit à peu près à ma taille. J'ai ôté mon vêtement trempé, l'ai accroché au-dessus du poêle à bois, et je me suis allongé pour quelques instants. Je me souviens que j'ai essayé de me réciter le règlement du S.M.A.C.K..
J'ai dû m'endormir avant la fin.

Règlement du S.M.A.C.K. (de mémoire)

1 – Un agent du S.M.A.C.K. doit agir au service du Bien.

2 – Un agent du S.M.A.C.K. doit agir pour le bien du Service.

3 – Un agent du S.M.A.C.K. doit toujours porter assistance aux autres agents.

4 – Un agent du S.M.A.C.K. ne doit jamais paniquer.

5 – Un agent du S.M.A.C.K. ne doit pas s'endormir en mission.

6 – ??

RRR... ZZZZ...

Rapport de mission n° 014, suite.

Objet : L'ours dort, et les trois boucs

Quand je me suis réveillé, j'ai compris en voyant la lumière du soleil qui entrait par la fenêtre qu'une nuit entière s'était écoulée. Ce voyage m'avait vraiment épuisé. J'ai aussi perçu que je n'étais plus seul, avant même de regarder autour de moi. La puissante odeur qui avait envahi la pièce ne venait pas d'êtres humains… Je me suis redressé sur les trois petits lits, et j'ai aperçu trois petits personnages assis sur trois petites chaises, qui m'observaient en silence, l'air moitié curieux, moitié inquiet, moitié en colère (comme ils étaient trois, ça fait trois moitiés).

Des Pluches, d'une espèce que je n'avais encore jamais rencontrée. De la taille d'un chien qui ferait la taille d'un mouton. Ils ont des cornes toutes rondes et une barbiche, et ils sentent fort. Vraiment fort. Il y en a un noir, un gris et un blanc. J'ai demandé qui ils étaient.

Rapport de mission n° 014, suite.

– Nous sommes des boucs, a répondu le plus foncé. Je m'appelle Owen le noir, voici Garp le gris, et Hampshire le blanc. Et nous aimerions savoir qui vous êtes, et ce que vous faites dans notre maisonnette – à part dormir sur nos trois lits !

Ces boucs étaient-ils des ennemis ou des alliés ? Pouvais-je leur faire confiance ? Avaient-ils déjà pris leur petit-déjeuner ?
Je portais toujours mon masque, et j'ai décidé de leur dire juste le nécessaire, en attendant d'en savoir plus.
– Je suis un voyageur épuisé ! Enfin, maintenant, moins épuisé. Pardonnez-moi d'avoir occupé votre chambre.
– Et mangé notre soupe ! a dit Owen d'un air mécontent.
– Vous êtes un humain ? a demandé Garp le gris.
– Pourquoi tu portes un masque ? a ajouté Hampshire le blanc.

J'ai improvisé cette réponse, ni fausse ni trop compromettante :
– Je porte un masque car je suis un justicier masqué. Je suis ici en mission secrète afin de retrouver un ballon dirigeable.

À ce mot, les trois boucs ont pris des expressions beaucoup plus réjouies, et ont dit tous en même temps :
– Le ballon ! Il est à toi ?
– C'est tes amis qui étaient dedans ?
– Ils sont tellement super ! On les a aidés à s'enfuir !

Mon cerveau travaillait à toute vitesse.
Voilà à peu près ce que je me suis dit, et ce que je me suis répondu.

D'abord :
– Le ballon était occupé par Valentine et ses Pluches sauvages. C'est donc eux que les boucs ont trouvés « super ».
– VRAIMENT ??
– Et ils les ont aidés à s'enfuir.
– OÙ ÇA ?
– Les boucs croient que je suis ami avec Valentine.
– MOI ? PLUTÔT MOURIR !

Et ensuite :
– Si je dis aux boucs que je pourchasse Valentine...
– ILS DEVIENDRONT HOSTILES.

Rapport de mission n° 014, suite.

– Et alors ? Je suis sûrement plus fort qu'eux.

– OUI, MAIS ILS PEUVENT ME DONNER UN PETIT DÉJEUNER.

– Et aussi m'aider à retrouver le Fernand-Léger.

– ET C'EST MA MISSION.

Donc :

– Je vais faire croire aux boucs que je suis un allié de Valentine et sa clique.

– BIEN JOUÉ !

J'ai réfléchi à tout ça hyper vite (merci aux exercices de « karaté du cerveau » du S.M.A.C.K.). Et j'ai juste répondu :

– Oui, oui, et oui ! Je viens récupérer le ballon dirigeable. Vous avez des croissants ?

Me voilà donc en train de terminer mes tartines (de la baguette et de la confiture de myrtilles). Les boucs iront poster ce rapport à la gare quand ils iront faire des courses, et j'espère que c'est bientôt, parce que je viens de finir le pot de confiture.

« Discrétion, Efficacité, Pénurie »

Irving

Rapport de mission n° 015

Objet : Le C-COUL

De : Amanda (agente n° 0027)

À : Benjamin (agent n° 0054)
et Irving (agent n° 0081)

Rapport tapé à : Cap Locke
Date : Vendredi 18 septembre

Irving, on attend toujours de tes nouvelles. J'espère que tu as bien reçu notre rapport, envoyé à la gare de Mondésir. Préviens-nous dès que tu seras rentré à Nordburg !
En attendant, nous ne restons pas inactifs.

J'ai eu hier soir un nouveau cours avec Valéry Giscard d'Ante, qui est notre prof de datajardinage et responsable du « calculateur organique » C-COUL. Tous les élèves avaient travaillé dur à recopier sur des petites fiches les archives de l'école, et après les cours habituels, nous sommes allés les enregistrer dans l'appareil.

C'était la première fois que je montais dans Big Beff, la haute tour carrée qui surplombe toute l'école. J'avais l'intention de profiter de cette occasion pour mener une petite mission de reconnaissance au service du S.M.A.C.K..
L'ascenseur est réservé aux professeurs : nous avons donc grimpé les sept étages par l'escalier de pierre, raide et mal éclairé. Jules Fleuret n'arrêtait pas de murmurer « je suis le fantôme du Big Beff » pour me faire rire.

Nous sommes finalement arrivés dans la salle du C-COUL. Cette machine est gigantesque !

En plus de sa taille, l'appareil m'a frappée par son odeur. Le C-COUL *pue* ! Le comte d'Ante nous a dit qu'il fonctionne avec des algues en suspension dans des grandes cuves. Mais son odeur n'est pas vraiment marine : on dirait plutôt un mélange de vieux poulailler et de serpillère sale.

Le comte d'Ante nous a expliqué avec sa drôle de voie aigüe que le C-COUL contrôle les horloges qui règlent la vie de l'école. Au début il y a eu quelques ratés : la pause déjeuner des 3e année était de 12 h 27 à 12 h 9. « Un petit bug de rien du tout, qui a été corrigé », a admis M. d'Ante. Il a expliqué :

– Maintenant, on va inscrire les archives de l'école dans son cerveau, qui va les digérer comme, euh, un énorme estomac (*moi aussi, j'ai trouvé cette explication bizarre*). Et alors, il pourra résoudre des problèmes très compliqués, aidera les élèves à apprendre plus vite, contrôlera la température de l'eau des pâtes, bref, il deviendra plus indispensable que les Pluches ! Le « Cerveau Calculateur Organique Universel Locke » va bientôt lancer une véritable *révolution* !

L'immense machine est couverte de fentes, trappes et portes de toutes sortes, par lesquelles on peut introduire des fournitures et des pièces de rechange. Jules Fleuret, qui fait toujours le malin, a fait mine d'ouvrir la porte « intervention d'urgence ». Le comte d'Ante l'a aussitôt grondé.

Enfin, les élèves ont commencé à « nourrir » la machine avec des fiches dans lesquelles nous avons recopié toutes les archives sur les Pluches. Il s'agissait de les glisser dans une petite ouverture. Au moment de déposer la mienne, j'ai été un peu déçue : je pensais que l'appareil allait clignoter et émettre un bruit futuriste, mais ça a juste fait « chplof », comme si j'avais mis une enveloppe dans une boite à lettres.
Enfin, ce n'était pas pour livrer du courrier que j'avais monté sept étages. Je n'oubliais pas ma mission.

Pendant que M. d'Ante détaillait le fonctionnement du « cerveau », je me suis discrètement glissée entre la paroi métallique du C-COUL et le mur de la tour.

En tâtonnant dans la pénombre, je suis bientôt arrivée devant une des fenêtres. Comme je l'espérais, de là-haut, on a une vue formidable. J'ai sorti ma longue-vue de pirate pour observer l'île d'Opaque, afin de préparer notre expédition spéciale !
L'île doit faire à peu près la taille d'une cour de maternelle. J'en ai dessiné le plan, que je joins à ce rapport. J'espérais découvrir quelque chose d'intrigant, une caverne ou une chaloupe abandonnée, trace des expéditions d'Aurore-Glorieuse il y a vingt ans, mais rien de tout cela. Il faudra aller sur place afin de faire des recherches précises. Et pour cela, je pense avoir repéré un passage que nous pourrons emprunter !
Cela faisait vingt minutes que je m'étais éloignée du groupe, et il était temps de rejoindre mes camarades si je ne voulais pas qu'on découvre mon absence.

C'est alors que j'ai entendu un bruit non loin. Des pas venaient dans ma direction. Peut-être Jules Fleuret avait-il décidé de partir à ma recherche ? Mon cœur s'est mis à battre plus fort… Je me suis dissimulée dans le renfoncement de la fenêtre et j'ai déplié ma longue-vue en mode « périscope ». Grâce à cette innovation, j'ai pu observer le couloir, sans risquer d'être vue.

La silhouette qui m'est soudain apparue n'était pourtant pas celle d'un collégien, mais un être bien plus petit : des oreilles un peu arrondies, un museau pointu, une épaisse queue de fourrure… Valentine, la ratonne laveuse ! Notre ennemie jurée ! Elle n'avait apparemment pas remarqué ma présence.

Elle a soudain quitté le couloir, par une porte minuscule. Je me suis précipitée dans cette direction. Impossible hélas de trouver la porte :

il n'y avait que le mur extérieur d'un côté, et le Calculateur organique de l'autre. Par où est-elle partie ? Mes camarades commençaient à quitter la salle : je n'avais pas le temps de chercher un passage secret !

Je les ai rejoints aussi vite que possible. Nous avons redescendu à pied les sept étages. Cet idiot de Jules Fleuret n'avait même pas remarqué mon absence !

Je suis rentrée dans ma chambre, avec un mélange d'excitation et d'inquiétude. Valentine est donc ici. Est-ce pour chercher ce cahier du « Club des quatre » qui lui semble si important ?
Enfin, je me réconforte en pensant que ma mission d'observation a été un succès. J'ai maintenant une carte de l'île d'Opaque, et, plus important encore, j'ai bien repéré le passage pour y accéder à pied pendant les grandes marées, dont il est question dans « La fiancée du pêcheur ».

« Discrétion, Efficacité, Réussite »

Amanda

Plan de
l'île d'Opaque

Rapport de mission n° 016

Objet : La Vache de la nuit

De : Le justicier masqué

À : Amanda et Benjamin

Rapport écrit à : Bois de Mondésir

Date : Vendredi 18 septembre

Salut chers agents,

J'ai bien reçu votre rapport numéro 14, intitulé « vives remontrances ». Je ne sais pas ce que veut dire le mot « remontrances ». Est-ce que vous voulez me re-montrer quelque chose ? À part le titre, je n'ai rien pu lire, parce que le rapport grouillait de petites fourmis rousses et que l'encre était effacée. Il avait été trempé dans le miel. C'est une drôle d'idée de gaspiller ainsi du bon miel. Et ces fourmis sont partout maintenant , même après que j'ai léché le miel, et les voilà qui grimpent sur mon rapport !

Je suis devenu très copain avec les trois Pluches-boucs. Pour eux, je suis « Fantômeuh, la Vache de la nuit ». Ah oui, je ne vous l'avais peut-être pas dit, le masque que j'ai emprunté à Edmond Gogothe est une tête de vache. J'y ai ajouté un loup pour faire encore plus justicier. Un loup, pas l'animal, mais le bandeau noir qui

cache les yeux, comme celui de Zorro. Zorro, qui veut dire « renard » en espagnol. C'est clair ?

Bref, les boucs comptent beaucoup sur moi pour restaurer la justice dans la forêt, qui est peuplée de Pluches libres mais misérables. Ce sont des Pluches qui se sont évadés de la Mégaplucherie Supernature. Oui : la fabrique des Pluches est tout près, au cœur du bois de Mondésir !

Owen et Garp m'ont décrit cette usine. C'est un gigantesque bâtiment, rond comme une boite de camembert. Ça me fait drôle de penser que des créatures comme moi sont fabriquées dans cette usine, comme des stylos ou des aspirateurs. Est-ce que je suis ça pour vous ? Un stylo sympa, un aspirateur mignon ?

C'est là que mes copains les boucs ont été créés. Ils étaient les premiers « Boucs bricol'tout », des Pluches qui savent tout réparer. Mais leur odeur a empêché de les vendre.

Les trois boucs ont été mis dans un camion avec d'autres Pluches ratés ou abimés, pour être envoyés à la « recyclerie »,

un endroit dont le seul nom les fait frémir de peur. Mais ils se sont enfuis pendant que le chauffeur s'était arrêté pour faire pipi. Ils ont survécu dans la forêt, grâce à leurs talents de bricoleurs. Mais la vie n'est pas facile ici. Ils sont persuadés que je viens les sauver et que je vais les emporter au loin avec le Fernand-Léger.
Là, je ne sais pas trop quoi leur dire.

Pour le moment, j'essaie de comprendre ce qui est arrivé à Valentine et ses Pluches sauvages. Les boucs les ont rencontrés, juste après l'accident du dirigeable. Ils étaient épatés de voir des Pluches qui pilotaient un engin volant ! Valentine et son équipage étaient sains et saufs. Ils ont rejoint d'autres Pluches des bois : le clan des « caniches agricoles ». Les boucs ne sont pas vraiment amis avec ceux-là. Ils ne vont jamais dans leur territoire, et ne savent donc pas ce que Valentine et ses compagnons sont devenus.

Il me semble maintenant que la priorité est de trouver Valentine plus que le dirigeable.
Demain, je partirai à la recherche de ces « caniches agricoles ». Je confie ce rapport à Owen, qui va le poster

à la gare de Mondésir pendant que je cuisine une omelette aux champignons pour tout le monde.

« Discrétion, Efficacité, Bon appétit »

Irving alias Fantômeuh la Vache de la nuit

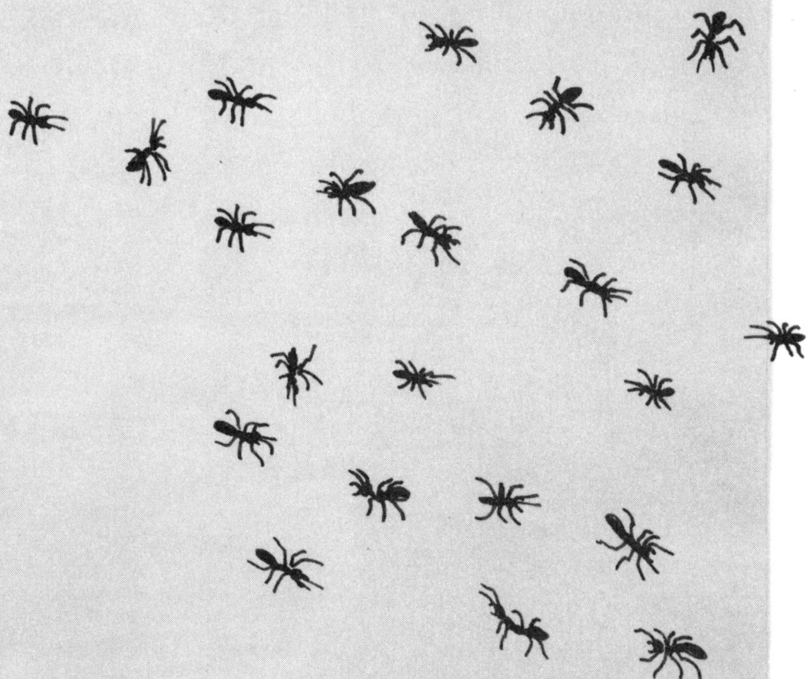

Rapport de mission n° 017

Objet: Confiseries lunaires

De: Benjamin Brumm (agent n° 0054)

À : Irving (agent n° 0081)

Rapport écrit à : Cap Locke

Date : Vendredi 18 septembre

Confidentialité : *pour toi seulement*

Rapport n° 017

Cher Irving,

J'espère que tu vas bien ; car nous n'avons toujours pas reçu de tes nouvelles depuis ton départ pour le bois de Mondésir. Pour le moment, je dois te raconter de nouveaux évènements qui concernent Amanda.
J'ai essayé dans le rapport n° 12 de te donner un indice à propos de la « chose qui erre dans les couloirs les nuits de pleine lune ». As-tu compris que mes informations sur la « somniculinie » concernent Amanda ? C'est toi qui m'as mis sur la piste en me parlant des « attaques de Som-Nikulini ». Ce n'est pas un monstre qui attaque notre agente, mais un trouble du sommeil.

Voilà ce que j'ai compris : à deux reprises déjà, Amanda s'est levée dans son sommeil, afin d'aller faire de la cuisine. Les traces rouges que j'avais repérées étaient bien du jus de fraises. Et nos adversaires, qui sont au courant de ses crises, en ont profité pour envoyer leur blaireau-espion dans sa cabine – mais Amanda est revenue avant que le blaireau ait fini, et il s'est caché sous son lit. Puis je suis arrivé…

J'ai voulu vérifier ma théorie. Hier soir, je me suis mis en embuscade devant la cabine d'Amanda. J'ai utilisé le camouflage S.M.A.C.K. n° 8, «tri sélectif»: une poubelle à emballages. Il marche parfaitement: plein d'élèves sont passés dans le couloir, et aucun n'a remarqué ma présence. Le seul inconvénient est que plusieurs ont jeté des déchets dans ma planque. Et malgré l'inscription «tri sélectif: papiers et cartons», certains y ont mis des épluchures de carottes, une demi-sardine et une poire pourrie.

Vers minuit et quart, ma patience a enfin été récompensée. J'ai vu la porte d'Amanda s'ouvrir. L'agente n° 0027 était dans un état de sommeil profond. Je l'ai suivie en sortant les pieds par la trappe de mon conteneur. Arrivé à l'escalier F, j'ai dû quitter mon abri pour franchir les marches. J'avais heureusement mis mes chaussons, et j'ai pu monter sans bruit.

Comme je l'avais supposé, Amanda est entrée dans la cuisine. Loin des cabines, cette zone du paquebot est déserte pendant la nuit. Amanda a donc pu s'activer sans alerter quiconque.

Rapport n° 017

J'ai entrouvert la porte afin de l'observer. Je craignais que dans son état comateux, elle se brule, se coupe, fasse exploser le navire en ouvrant le gaz, ou ajoute du vinaigre à la crème au chocolat. Mais aucune de ces catastrophes n'est arrivée.

Sans ses lunettes, Amanda était transformée. Elle était comme une danseuse sacrée, éclairée par les rayons de la déesse Lune. Elle a pris dans le frigo un coulis de fraises et l'a versé dans un saladier : sûrement la préparation qu'elle avait réalisée lors de sa précédente crise. Toutes ces figures s'enchainaient avec grâce, pour réaliser une mystérieuse recette. Je ne sais combien de temps j'ai passé, fasciné, à observer ce spectacle merveilleux.

Amanda a enfin terminé son plat : des « fraises » acidulées, un de mes bonbons préférés.

Elle les a glissés dans deux sachets. Puis elle a fait la vaisselle, toujours endormie, et a laissé les lieux aussi impeccables qu'à son arrivée.

Je l'ai suivie en prenant garde à ne faire aucun bruit, et j'ai retrouvé ma cachette dans le bac à déchets. Au lieu de prendre le même chemin qu'à l'aller, Amanda a descendu l'escalier qui mène à ma cabine.
Elle a tenté d'ouvrir la porte, un sachet de «fraises Tagamanda» à la main. Mais le verrou était mis. J'ai alors vu Amanda hésiter. Elle a tourné le sachet de bonbons dans ses mains, comme si elle ne savait pas quoi en faire. Puis elle a vu la poubelle de tri – mon camouflage, en réalité. Et elle est allée y jeter le sac, que j'ai reçu sur la tête. Heureusement qu'elle n'avait pas préparé un gratin de chou-fleur. Et pour finir elle est repartie vers sa cabine.

Le mystère de la «créature» qui erre la nuit dans *Le Narval* est donc résolu.
J'ai récupéré le sachet de fraises Tagamanda. J'en ai mangé une: c'est le meilleur bonbon que j'aie jamais goûté. J'ai bien refermé le paquet et je le garde sur mon cœur comme un porte-bonheur. Je sais que l'agente n°0027 ne se souviendra de rien demain matin; mais je sais aussi maintenant que c'est pour moi que l'Amanda de la nuit a cuisiné ces délicates friandises.

«Efficacité, Discrétion et Bonheur» Benjamin

Annexe

Costume de camouflage urbain S.M.A.C.K. n° 8, «poubelle de tri sélectif».

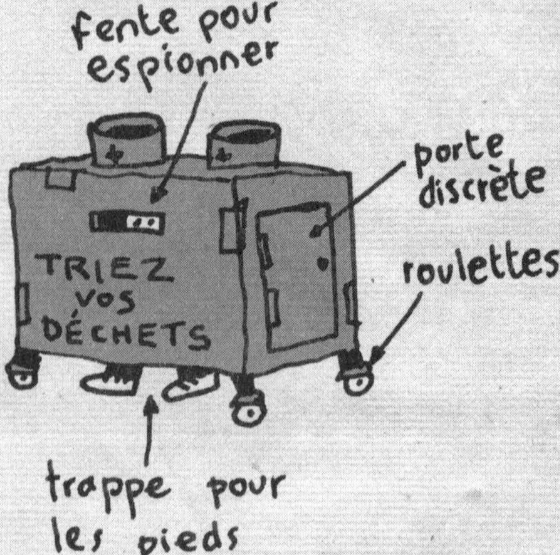

Rapport de mission n° : je ne sais plus, la suite.

Objet : Sur la piste de Valentine

De : Fantômeuh

À : Amanda et Benjamin

Rapport écrit à : Bois de Mondésir

Date : Vendredi 18 (encore)

Oui, c'est encore moi ! Il y a trois heures seulement que je vous ai écrit mon précédent message, et Owen le bouc l'a posté à la gare de Mondésir. Mais celui-là, je ne sais pas comment je vais vous l'envoyer. Il faut pourtant qu'il vous arrive aussi vite que possible, car il contient une information capitale.

Après avoir mangé mon omelette avec les trois boucs, je suis parti vers le fameux « Clan des caniches agricoles ». Owen m'a mis en garde : ces chiens sont agressifs et cruels. Je n'étais pas inquiet : on n'a jamais vu un ours reculer devant des caniches. Et s'ils sont « agricoles », mon masque de vache devrait les mettre en confiance.

Ils vivent dans une clairière au bord de la rivière, la Friskette. J'avais un plan : les observer discrètement du haut d'un arbre.
J'ai réussi à monter à un chêne (ou un noisetier ? je suis nul en arbres), assez haut pour surplomber la clairière. Pourtant, impossible de repérer les niches des petits chiens. Je scrutais le sol, à l'affut d'une gamelle ou d'un nonosse qui auraient indiqué leur présence, quand j'ai entendu aboyer juste derrière moi :
– Bouge pas, la vache. Qu'est-ce que tu fais dans le camp des *caniches arboricoles* ?

Je me suis retourné, et j'ai vu les dizaines de niches bâties sur mon peuplier et sur les arbres qui l'entouraient, reliées entre elles par des petits ponts de branches. Des caniches vêtus de tuniques vert et marron m'entouraient, et ils n'avaient pas l'air commodes.
Le chien avait bien prononcé « arboricole ». Ça veut dire : « qui vit dans les arbres ». Pas « agricoles » ! Stupides boucs. S'ils m'avaient donné le bon mot, je me serais méfié.

Je n'étais pas venu pour me bagarrer. J'ai respiré profondément, et j'ai fait mon sourire le plus charmant – mais comme c'était sous mon masque de vache, ça n'a pas dû se voir beaucoup. Puis je me suis présenté :

– Bonjour. Je suis Fantômeuh, le bovin masqué. Je viens en paix.
Le caniche qui paraissait diriger les autres m'a regardé avec un air méfiant, et a répondu :
– Ton masque est ridicule ! Je vois très bien que tu es un humain déguisé en vache. Encore un espion de Supernature. Gardes, saisissez-vous de lui !
– Non ! Je ne suis pas un humain, mais un Pluche libre, comme vous ! Vous devez me croire !
Les caniches m'entouraient. Le chef a grogné :
– Enlève ce masque, on verra si tu es vraiment un Pluche.

D'un geste noble, j'ai fait glisser mon masque de vache. Ou plutôt, j'ai essayé. Mes poils étaient coincés dedans. J'ai dû le faire glisser par petites secousses, c'était hyper douloureux. Enfin, j'y suis arrivé, et ils ont vu que je n'étais pas un humain.
– Un gorille ! s'est exclamé le plus proche de moi.
– Mais non, idiot. C'est un puma, a répondu un petit au pelage rose.
– Un saint-bernard, a supposé une vieille caniche armée d'un arc.
Là, je me suis un peu énervé, et j'ai crié :
– Mais vous ne voyez pas que je suis un OURS ? Oui, un ours Pluche ! Votre frère, enfin, votre cousin.

Le chef a hoché la tête avec respect, et il a fait :
– Vous dites vrai. Pardon pour cet accueil un peu agressif. Nous devons rester sur nos gardes : le mois dernier, Supernature nous a envoyé trois employés déguisés en cochons, pour nous brancher sur leur nouveau réseau, l'Interbêtes. On les a démasqués après qu'ils ont eu le temps de nous faire des trucs bizarres… Maintenant, dites-nous tout… vous faites partie de la bande de Valentine ?
Après un instant d'hésitation, j'ai expliqué :
– Euh… Mon nom est Irving. Je suis, hum… un proche de Valentine. Nous avons été élevés ensemble. Je sais qu'elle a eu un accident de ballon et je la cherche.
Le caniche m'a donné la papatte avec un sourire.
– Robin des niches, pour vous servir. C'est un honneur de recevoir un compagnon de dame Valentine ! Nous allons tout faire pour vous aider. Comment nous avez-vous découverts ?
– Ce sont les boucs qui m'ont mis sur votre piste. Je dois vous avouer qu'ils vous ont décrits comme « agressifs et cruels ».
Robin a secoué la tête d'un air désolé.
– Ils exagèrent ! Tout ça à cause d'une chanson qu'on a composée à leur sujet…

Dans les branches du cerisier, plusieurs caniches se sont mis à chanter : « Qui c'est qui sent fort comme un bouc ? Qui c'est qui pue qui… » Mais Robin les a fait taire.
– Ça suffit ! Je vous ai déjà dit qu'il ne faut pas se moquer. Nous devons être solidaires des autres Pluches ! Même s'ils ont une odeur pénible !

Il m'a alors invité à le suivre dans sa niche. C'est la plus belle des cabanes bâties sur ce pommier. Mais elle était si étroite que j'ai dû entrer à reculons. Robin est resté dehors pour me raconter ce qu'il savait.
– Valentine nous a expliqué que son ballon était à court de carburant. Et elle voulait continuer son voyage à bord de l'aérotrain !
– Elle y est parvenue ?
– Nous l'avons aidée à monter avec ses fidèles dans des trains de marchandises dès le lendemain matin. Vous pouvez être rassuré, Irving !

En vérité, je n'étais pas rassuré du tout. Savoir que Valentine et ses Pluches maléfiques sont en liberté ne me fait pas plaisir. Mais j'ai caché mon inquiétude :
– Ah ! Merveilleux ! Ils sont à Nordburg ?
– Quelques-uns seulement. La plupart ont pris la ligne dans l'autre sens, jusqu'à Ostreville. Ils ont un refuge

Rapport de mission n° ?

secret au bord de la mer, pas très loin de là. Un endroit avec un nom bizarre… Le cap L'Os ?

Cette nouvelle m'a encore moins réjoui. Valentine et ses acolytes sont donc au Cap Locke. La seule raison possible est qu'ils veulent se venger de vous !
J'ai tenté d'en savoir plus sur les plans de Valentine. Mais elle n'a pas donné beaucoup d'informations à Robin des niches. Il m'a tout de même annoncé un détail qui m'a intrigué : Valentine leur a dit de se tenir prêts, car « l'amour va bientôt frapper » !
Cela a-t-il un lien avec les slogans peints sur les murs de Nordburg ?

En tout cas, restez sur vos gardes. Je confie ce message à Couki, un caniche particulièrement rapide : il va courir à la gare pour le poster. De mon côté, je ne me résous pas à rentrer les mains vides. Je vais tenter d'inspecter le Fernand-Léger, dans l'espoir d'y trouver des indices laissés par Valentine.

« Efficacité, Discrétion et promenades en forêt »

Irving

Rapport de mission n° 018

Objet : Marée basse

De : Amanda (agente n° 0027)

À : Irving (agent n° 0081)

Rapport tapé à : Île d'Opaque
Date : Samedi 19 septembre

Cher agent n° 0081,

J'écris ce rapport depuis l'île d'Opaque. Tu le liras sûrement à Nordburg, où tu dois être rentré maintenant.
La grande marée basse d'équinoxe, c'était ce matin – entre neuf et onze heures, précisément ! Et, comme dans la pièce d'Aurore-Glorieuse Vaillante, la mer est suffisamment descendue pour dégager un passage au sec. Enfin, au sec, c'est compter sans les flaques et les algues qui tapissent cet étroit chemin. L'agent n° 0054 et moi avons réussi à traverser, avant que le passage soit à nouveau recouvert par la mer. Nous pourrons rentrer à la prochaine marée basse, à la tombée de la nuit.

L'île est toute petite, et nous en avons fait le tour en une demi-heure. Hélas, aucune trace de passage secret, de cabane dissimulée sous les galets, de message codé ou de cavernes mystérieuses. L'île d'Opaque qui nous a tellement intrigués est un simple bout de terre et de galets, à peine plus haut que la mer. Nous sommes un peu déçus.

Enfin, il reste le phare. J'avais emporté mon canif à 17 lames pour crocheter sa serrure. Mais sa porte est tellement rouillée qu'elle est complètement bloquée. Nous avons eu beau pousser et tirer, impossible de l'ouvrir. Cela nous permet tout de même d'être sûrs que ce bâtiment n'a pas été ouvert depuis des années. Et donc que personne ne s'y cache ou n'y est prisonnier ! Ce n'est pas ici qu'on trouvera Valentine et sa bande, ni Aurore-Glorieuse Vaillante.

Je te laisse car Benjamin vient d'installer le pique-nique dehors et il m'a annoncé une surprise. Il a peut-être apporté son fameux « pudding Brumm », un peu lourd mais parfait pour une journée au grand air !

« Efficacité, Discrétion et Air marin »

Amanda

Rapport
de mission n° 018

Objet : Marée haute

De : Amanda (agente n° 0027)

Pour : Irving (agent n° 0081)

Île d'Opaque,
le samedi 19 septembre (plus tard)

Cher agent n° 0081,

Je complète mon précédent message au crayon, car je suis coincée sous la pluie, au pied du phare de l'île d'Opaque.
Tout s'est bien passé jusqu'au milieu de l'après-midi : une fois notre pique-nique terminé, nous sommes allés à la plage (à trente pas du centre de l'île) et nous avons fait des ricochets sur la mer avec des galets plats. J'avais été un peu optimiste en emportant un chapeau de soleil… Le vent n'arrêtait pas de me l'enlever, je l'ai donc remis dans mon sac, avec l'huile solaire inutile par ce temps nuageux.
C'est vers 15h30 que notre expédition si bien préparée a pris un tour désagréable. La plage était presque entièrement recouverte par la mer, et la marée continuait à monter. Cela rendait difficile de trouver des pierres plates pour battre mon record (14 rebonds, tu te rends compte !), mais surtout, l'espace commençait à manquer sur l'île. C'est là que j'ai réalisé que « grandes marées » ne veut pas seulement dire que la mer descend très bas à marée basse ; cela signifie aussi qu'elle monte très haut à marée haute !

Rapport de mission n° 018

Maintenant, les vagues commencent à lécher le bas du phare. Nous sommes sept marches plus haut, juste contre la porte, et la mer continue à monter.

Pendant que j'écris ce message, Benjamin tente d'ouvrir la porte rouillée. Il tire de toutes ses forces, mais elle résiste toujours.

Je vais arrêter d'écrire pour aller l'aider, même si nous n'avons pas réussi tout à l'heure. Cette fois, nous DEVONS entrer dans le phare avant que l'eau nous rejoigne!

Comme dit le manuel du S.M.A.C.K.: « Quand il y a urgence, on n'a pas le temps d'échouer. »

À suivre, j'espère.

Amanda

LES WC DU DANGER
De:
A:

Rapport de mission n° ??

(je ne sais plus)

Objet : Les WC du danger

De : Irving

À : Benjamin et Amanda

Rapport écrit à : Mégaplucherie Supernature

Date : Samedi 19 septembre

Je suis actuellement dans l'usine Supernature, où les employés de Cassandra me cherchent. Ils ne me trouveront pas car j'ai eu l'idée géniale de m'enfermer dans les WC pour hommes. Et avec leur esprit limité, ils ne peuvent pas imaginer qu'un Pluche se cache dans un endroit réservé aux humains.
Il est temps de vous raconter ce qui s'est passé ici pendant les dernières heures.

J'ai réussi à convaincre les caniches des bois de me guider jusqu'à l'usine Supernature, où a été transporté le dirigeable. Après une nuit passée dans leur village perché au sommet des cèdres, nous sommes partis au petit matin (vers 11 h).
Ça n'a pas été facile de nous frayer un chemin à travers la forêt. La végétation m'a beaucoup retardé. Surtout les fraises des bois que j'ai passé une heure à cueillir. Je n'ai pas tout mangé, et finalement j'ai réussi à reprendre la route, ma besace pleine de ces fruits délicieux.
Nous venions de franchir d'épais buissons, quand Robin, le chef des caniches, m'a fait signe de ne plus bouger.

Dissimulé derrière des fougères, j'ai découvert l'immense Mégaplucherie Supernature.

Le dirigeable était bien là, devant les grilles qui entourent le bâtiment. Il a été réparé par Nestor Duval, le couturier de l'extrême. Des employés de Supernature étaient en train de le regonfler. C'étaient des Pluches, des moutons pour la plupart et même quelques bovins. Deux moutons injectaient du gaz dans le ballon qui grossissait très doucement, tandis que les autres apportaient les bonbonnes de gaz dans des chariots. Cela allait leur prendre un bon moment pour terminer leur tâche.
Une femme supervisait cette opération délicate. Elle ressemblait un peu à Eleonora Florimont, avec vingt kilos de muscles en plus et son beau sourire en moins.

Robin des niches m'a murmuré : « Voilà Cassandra, la patronne de Supernature ! Elle est aussi intelligente que féroce. »

Sa seule vue paraissait rendre les caniches nerveux, et plusieurs ont décidé de rentrer à leur village. Robin m'a demandé :

– Voilà, vous avez vu le ballon. Moi, je n'irai pas plus loin : impossible d'entrer dedans pour le moment. On retourne à notre camp ?

Il avait raison. Mon projet d'explorer le Fernand-Léger à la recherche de traces de Valentine n'était pas réalisable pour le moment. Mais une autre idée m'est venue… Puisque les grilles étaient ouvertes, c'était le moment idéal pour aller visiter l'usine. Je me sentais irrésistiblement attiré par ce lieu immense et inquiétant, l'origine de presque tous les Pluches. Au contact des trois boucs et des caniches arboricoles, j'avais entendu des histoires effrayantes sur la façon dont mes cousins à poils et à plumes étaient traités dans cet endroit. Et même si c'était risqué, je ne pouvais pas partir sans avoir vérifié cela de me yeux. Fantômeuh la vache justicière commençait à prendre le dessus sur Irving l'ours prudent ! Après un long silence songeur, j'ai donc annoncé à Robin des niches :

– Je veux voir ce qui se passe dans cette usine, de mes yeux ! Je n'en ai pas pour longtemps.

Robin a bien voulu m'attendre derrière les buissons, attentif au moindre signal de ma part.

Rapport de mission n° ??

J'ai remis mon masque. Cette fois, enfin, mon costume de vache allait me servir !
En attendant le bon moment, j'ai réussi à passer dans l'enceinte grillagée sans me faire repérer.
Ça me faisait tout drôle de me rendre dans cet endroit, où mes frères et sœurs animaux modifiés sont fabriqués comme des sèche-cheveux ou des appareils à raclette !
Personne n'avait fait attention à moi, mon apparence bovine n'attirant pas les regards. Mais je restais encore loin des portes de l'usine, d'où sortaient les chariots de bonbonnes de gaz. Après quelques minutes, un ouvrier a renversé le sien, et quatre bouteilles ont dévalé le chemin. Tous ses collègues se sont précipités pour les rattraper, et j'en ai profité pour entrer dans l'usine.

C'est le bruit qui m'a d'abord surpris. Un mélange de clapotis, de bourdonnement électrique et de centaines de cliquetis, comme si une armée de crabes était en train de claquer des pinces.
J'étais dans une immense salle, peu éclairée, pleine de machines, de passerelles et de tuyaux, où des centaines de réservoirs transparents abritent des Pluches en cours de création.
Je me suis arrêté un long moment, ébahi par ce spectacle : dans les incubateurs, des Pluches de toutes espèces

et de toutes tailles, en train de grandir jusqu'à leur taille adulte. Enfin, je crois qu'on ne dit pas « adulte » mais « opérationnelle » puisqu'il s'agit d'objets.
Voilà donc comment moi aussi j'ai été créé. Sans papa ours ni maman ourse, comme un légume en pot. Même pas, car les légumes ont des racines. Les Pluches n'ont pas de racines. Le plus dérangeant, c'était que ceux qui fabriquent ces choses sont eux-mêmes des Pluches.
Une sorte de bureau central, avec un mur plein d'écrans lumineux, occupait le centre de l'immense salle. Je m'en suis tenu à distance, restant dans l'ombre. Impossible de me faufiler plus loin : j'étais trop gros pour circuler entre les incubateurs. J'ai donc monté un escalier métallique, qui arrive au-dessus de ces machines. Et, d'en haut, j'ai pu observer les travailleurs de l'usine. Des Pluches de petite taille : chats, lapins, hamsters, rats... De minuscules couloirs et échelles leur permettent de circuler autour des incubateurs.
Un hamster allait et venait sur une petite passerelle, manipulant des leviers pour augmenter ou baisser la température des cuves. J'ai remarqué que, lorsqu'il a réglé douze appareils, il reçoit un cube de nourriture qu'il dévore avec appétit, avant de reprendre son travail monotone. Je comprends que Supernature soit devenue

une compagnie riche à milliards : ses ouvriers ne lui coûtent que quelques croquettes.

J'étais accroupi sur ma passerelle, au-dessus de ces rongeurs, quand l'un d'eux m'a aperçu. Il s'est aussitôt exclamé :
– Pluche-bovin dans le secteur C4 ! Erreur d'orientation. Je rapporte au contrôleur.
Je me suis dépêché de fuir, mais il était trop tard : un des contrôleurs humains a lancé l'alerte.
– Pluche d'origine inconnue sur la passerelle supérieure C4. Équipe d'intervention en C-43 !
Je n'ai pas attendu que l'équipe d'intervention agisse, et j'ai descendu le premier escalier venu. Ça tombe bien : il menait vers les toilettes des humains… Vous connaissez la suite.
Je peux écrire ce rapport, malgré l'absence de machine à écrire. L'avantage d'être dans des toilettes est qu'on y trouve du papier. Mais je dois arrêter : je suis presque au bout du rouleau. Et là, j'entends des voix qui approchent.
Je vais lancer mon rapport par la fenêtre afin que Robin le récupère.

Rapport de mission n° 019

Objet : L'île sous-marine

De : Brumm (agent n° 0054)

À : Irving (agent n° 0081)

Rapport tapé à : Île d'Opaque
Date : Samedi 19 septembre (encore plus tard)

Cher agent n° 0081,

Deux agents du S.M.A.C.K. peuvent mettre leurs muscles en commun pour ouvrir une porte coincée. Mais il vaut mieux dans ce cas que parmi ces agents, il y ait un vrai costaud, par exemple un ours.

C'est ce que nous nous sommes dit, Amanda et moi, après avoir passé dix minutes à tenter de débloquer la porte du phare de l'île d'Opaque. Nous étions épuisés, découragés, et nous avions les pieds mouillés car la marée continuait à monter. Le vent devenait de plus en plus fort, près de se transformer en tempête. Pas question de rester sur l'îlot qui risquait d'être submergé par les vagues d'ici quelques dizaines de minutes !

Heureusement, deux agents du S.M.A.C.K. peuvent faire plus que mettre leurs faibles muscles en commun : ils peuvent réunir leurs cerveaux brillants afin de trouver des solutions à leurs problèmes. C'est ce que nous avons fait.

Problème :

La marée monte, la tempête approche, et la seule issue est de monter dans le phare. Mais sa porte rouillée refuse de s'ouvrir.

Solution A : pousser très fort la porte. ÉCHEC.

Solution B : débloquer subtilement la situation. Comment ? Il faut examiner les outils dont nous disposons.

Sur la plage : des galets. Et quelques bouts de ficelle et bouteilles vides.

Dans nos sacs :
- 2 tranches de pudding
- la longue-vue des pirates
- un canif à 17 lames
- deux crayons
- un bloc-note
- des lunettes
  de soleil
- un bob
- de l'huile solaire

- un paquet de fraises *Tagamanda*
- un bon point « Tendresse du Tennessee »
- quatre pansements.

Toi, tu aurais mangé le pudding, puis tu aurais découpé la porte avec l'ouvre-boite du canif. Mais je te rappelle que nous ne sommes pas des ours, juste des collégiens chétifs.
Non, le salut est venu de l'huile solaire !
Amanda a ouvert le tube, et en a versé le contenu sur les gonds de la lourde porte métallique. Nous avons attendu 23 secondes que l'huile s'infiltre dans les gonds rouillés. Puis nous avons tiré d'un seul coup sur la porte... qui a enfin accepté de s'ouvrir !
Il était temps, car l'eau de mer nous arrivait aux mollets. Nous avons poussé notre cri de triomphe :

« S.M.A.C.K. ! S.M.A.C.K. ! S.M.A.C.K. !
Toujours d'attaque ! »

Le rez-de-chaussée du phare est une sorte de bureau-cuisine-cabine-salle des machines, où vivait un gardien il y a très longtemps. Il est à environ cinq mètres du sol, nous étions donc en lieu sûr ! Un escalier métallique mène au niveau supérieur. Amanda y est montée, pendant que je sortais le pudding, afin de reprendre des forces. J'avais à peine mordu dans ma part quand j'ai entendu :

– Benjamin ! Viens vite !

– Ch'arrive ! ai-je répondu, en envoyant des miettes un peu partout autour de moi.

J'ai grimpé l'échelle aussi vite que possible, craignant de voir l'agente n° 0027 attaquée par des mouettes hargneuses, ou pire… Mais elle n'avait pas du tout l'air en danger. Elle était à côté du projecteur du phare, et brandissait triomphalement un gros cahier vert pomme, sur la couverture duquel j'ai lu :

Les Secrets du Club des quatre

Il nous reste environ deux heures avant la marée basse qui nous permettra de revenir à pied sec au Cap Locke. C'est largement le temps d'étudier en détail ce document, écrit il y a vingt ans par

Cassandra Florimont, Aurore-Glorieuse Vaillante… et mes propres parents ! Allons-nous y trouver ce qui semblait si précieux aux yeux de Valentine ? Pour le moment, ce n'est pas très clair.

Annexe :
Premières pages du cahier
« Les Secrets du Club des quatre »

Ce cahier contient des notes prises entre le collège et la fin des études des membres du club.

Il se termine par de nombreuses pages de notes très compliquées sur la fabrication des Pluches.

Apparemment, les travaux scientifiques de mes parents et de Cassandra avaient déjà commencé à cette époque.

Ils avaient même écrit les cinq lois des Pluches !

Les membres du Club OPAC

Cassandra Florimont :
La reine des pinceaux et des crayons.
Aînée d'une famille d'artistes, elle est
aussi douée pour la peinture
que pour la pâtisserie.

Aurore-Glorieuse Vaillante :
Présidente du « Rideau de
la méduse » - aime les drames,
les comédies et les coups
de théâtre.

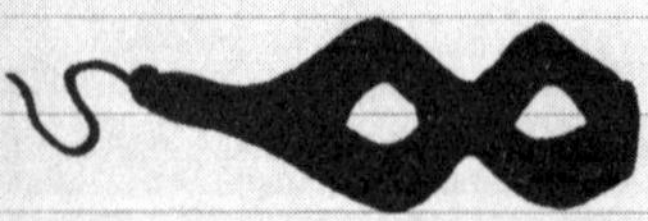

Jean-Joseph Brumm :
Le petit génie des sciences.
Toujours prêt à greffer un
champignon sur une limace,
ce que Marthe trouve craquant.

Marthe Delmotte :
La grande bricoleuse !
Inventeuse du chapeau anti-lune
ou de la louche chauffante,
ses talents d'ingénieuse
ont séduit Jean-Joseph.

Projets du Club OPAC

* Trouver un refuge secret proche de l'école (une cabane sur une île déserte serait parfaite, on s'y rendrait avec les surfs à pédales de Marthe).

* Écrire et jouer une pièce de théâtre. (Projet mené par AGV)

* Développer notre projet « Pluche » : des animaux adorables pourraient devenir les meilleurs amis des humains. (Projet mené par Jean-Joseph, Marthe et Cassandra)

* Mettre au point des desserts révolutionnaires : l'éclair triple longueur, le croissant-boomerang, le crousti-flan et la tartelette aux fraises sans fraises. (Projet de Cassandra)

Le cahier se termine par une mystérieuse page, avec juste ces quelques mots écrits dessus. L'écriture semble être celle de Cassandra.

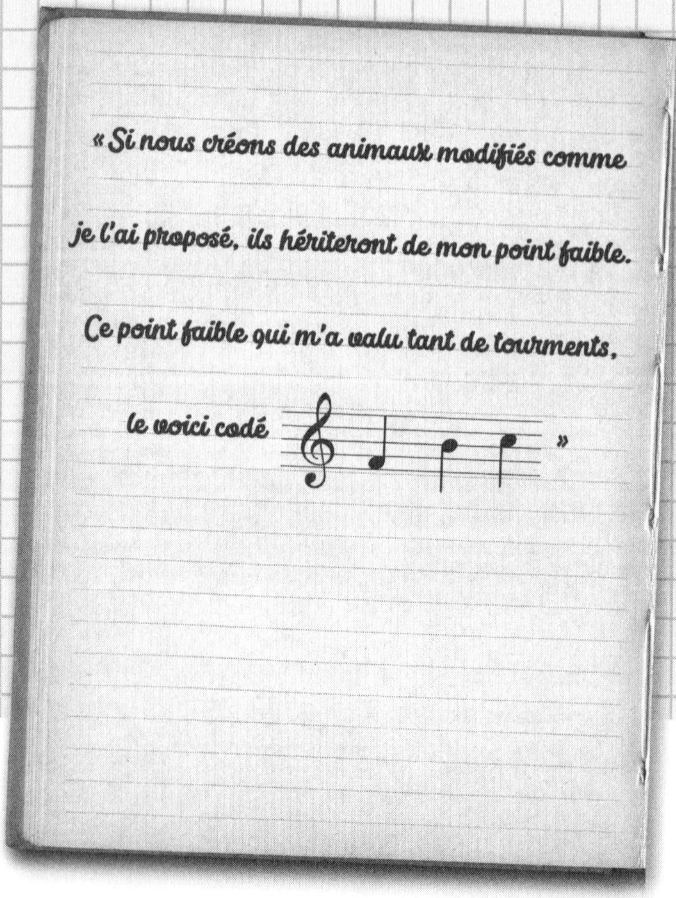
« Si nous créons des animaux modifiés comme je l'ai proposé, ils hériteront de mon point faible. Ce point faible qui m'a valu tant de tourments, le voici codé »

Courrier envoyé par Cassandra Florimont à sa sœur Eleonora

Supernature

Samedi 19 septembre, 18 h 23
De : Cassandra Florimont, présidente-directrice en chef
À : Eleonora Florimont, Théâtre Tortinelli, Nordburg

Chère petite sœur,

Comme j'aimerais, comme toi, passer mes journées à paresser et mes soirées à jouer la comédie ! Quelle chance tu as de vivre cette existence pleine de fantaisie et de rires. Loin de mes soucis de cheffe d'entreprise, qui doit organiser chaque jour la production des Pluches indispensables à notre pays.

Mais je ne t'écris pas pour me plaindre – tu m'as assez souvent reproché de ne parler que de moi. Non, tu t'en doutes, il est question aujourd'hui de ton aéronef, le Fernand-Léger. Ce coûteux gadget est une fantaisie que je n'approuve pas, tu le sais : puisque tu te plains régulièrement que ton théâtre Tortelloni manque d'argent, comment as-tu pu dépenser une somme folle pour ce ridicule engin volant ? Sûrement grâce à un des nombreux dons que j'ai faits à ta troupe. C'est bien pratique d'avoir une grande sœur qui gagne un peu d'argent !

Mais je ne t'écris pas pour te faire la leçon - de toute façon, tu ne m'as jamais écoutée, et tu fais bien ce que tu veux avec les sommes que je te verse chaque année. Cela te permet même d'imprimer des tracts anti-Pluches... Tu es bien naïve d'imaginer que tu vas changer le monde avec quelques prospectus ! Je suppose que c'est également toi et tes camarades qui écrivez sur les murs de la cité des messages bizarres à la gloire de l'« A.M.O.U.R. ». Dégradation de lieux publics et vandalisme : vous ajoutez deux nouvelles infractions à votre dossier ! Et quelle ingratitude, car sans ces Pluches que tu détestes, je n'aurais pas bâti ma fortune, dont tu profites bien !

Je sais que tu n'as jamais approuvé mon travail. Tout de même, si tu es contre les Pluches, comment peux-tu employer les services d'une de ces créatures ? Un Pluche sauvage, de plus : un ours nommé Irving, que tu as envoyé pour me surveiller ! Voilà qui serait passible d'une lourde condamnation, pour infraction aux lois des animaux modifiés, atteinte à la vie privée, et utilisation de toilettes réservées aux humains.

Mais je ne t'écris pas pour te menacer. Tu es au-dessus des lois, n'est-ce pas, seul l'art t'intéresse ! Sache que ton ours-espion a été repéré, malgré le déguisement de vache (grotesque) que tu lui avais fourni.
À vrai dire, j'étais au courant de ses manigances depuis des semaines, grâce à une de mes merveilleuses inventions, que je lui avais gentiment envoyée à titre de cadeau. Les ractylos m'ont transmis fidèlement tous les rapports que cet animal illégal leur dictait, grâce à la nouvelle technologie Interbêtes qui me relie

directement à eux. Tu pourras dire aux deux jeunes gens à qui ces rapports étaient destinés que leur ami est entre mes mains.

Mes employés l'ont attrapé alors qu'il venait de lancer à un de ses complices un rouleau de papier hygiénique volé à mon entreprise. Vol de papier WC en bande organisée : encore un délit qui pourrait lui coûter cher.

Mais je ne suis pas là pour dresser la liste des crimes commis par ton Irving. Non, cette lettre, je la rédige uniquement pour te donner une bonne nouvelle : ton dirigeable, le Fernand-Léger, est réparé. Nestor Duval, couturier de l'extrême, a fait un excellent travail et l'appareil est comme neuf, regonflé et prêt à s'envoler.

Je te renverrai le dirigeable aussi vite que possible – dès que j'aurai reçu une lettre signée de ta main, disant que tu abandonnes toute activité anti-Pluches. Une simple formalité, qui m'évitera de lancer des poursuites contre toi au titre des diverses infractions listées dans cette amicale missive.

En ce qui concerne l'ours, tu as bien conscience qu'il s'agit d'un Pluche illégal. Je compte sur sa collaboration pour me mener aux autres Pluches « sauvages » (je préfère parler de « produits non conformes ») afin que tous soient rapidement « retirés du marché ». On ne peut pas accepter le danger que ces créatures qui n'obéissent à aucune des six lois des Pluches font courir aux humains et à mon entreprise : tous ces produits seront détruits.

Grosses bises de ta sœur bien-aimée
Cassandra

Rapport de mission n° 020

Objet : Sauvés ou piégés ?

De : Brumm (agent n° 0054)

À : Irving (agent n° 0081)

Rapport tapé : À bord de l'Hippopocar qui vogue vers le Cap Locke

Date : Nuit du samedi 19 septembre au dimanche 20

Cher Irving,

Je ne sais pas quand et où tu liras ces lignes… J'écris ce rapport à la lueur d'une lampe de poche, en essayant de ne pas réveiller Amanda qui dort sur le siège voisin, la tête contre mon épaule.
Par la fenêtre de l'Hippopocar, je ne vois que la nuit. Le clapotis des vagues et le bruit du moteur sont comme une musique monotone. Mais je dois te dire comment nous sommes arrivés dans cet engin…

Hier, dans le phare, Amanda et moi avons passé des heures à déchiffrer le cahier. Il contient même leurs premières notes sur la création des Pluches, et le brouillon des « lois de la Smartfaune ».
Valentine devait croire que c'était moi qui le possédais, puisque mes parents en ont écrit une partie. Mais il était resté dans le repaire de leur club, ce phare abandonné !
Le cahier se termine par d'énigmatiques notes de musique liées à son mystérieux point faible. J'ai eu beau les siffloter, cela ne me rappelle aucun air connu. C'est juste : « fa si ré ».

J'ai beau siffler ces notes dans tous les sens, je ne comprends pas ce que Cassandra a voulu dire en les écrivant…

Dehors, la nuit tombait. Épuisés par nos épreuves de la journée et la digestion de mon pudding, nous nous sommes finalement endormis. À notre réveil, des heures plus tard, la tempête était calmée et la nuit plus noire que jamais. Amanda a regardé sa montre et poussé un cri de panique.
– L'heure de la marée basse est passée depuis longtemps ! Impossible de rentrer au Cap Locke !
– Tant pis. Nous attendrons la prochaine.
– Tu oublies quelque chose, agent n° 0054 ! Le passage à pied n'est possible que le jour de la grande marée, tous les six mois. Nous sommes coincés sur l'île ! Et personne ne sait où nous sommes, pas même Jules Fleuret, mon meilleur ami.
J'ai été un peu vexé qu'elle dise que ce gars est son meilleur ami, mais ce n'était pas le moment de nous disputer. Il fallait appeler à l'aide.
Amanda a eu une idée lumineuse : « On est dans un phare. Envoyons un message en morse. »

Heureusement qu'on avait appris quelques messages de base. J'ai mis la lampe du phare en mode manuel, et j'ai émis le signal des marins en détresse :

•−•• −−− •−•• •−•• −−− •−•• −•• −−− •−••

•−•• −−− •−•• •−•• −−− •−•• −•• −−− •−••

•−•• −−− •−•• •−•• −−− •−•• −•• −−− •−••

Après quelques minutes, nous avons aperçu une lumière au loin. Des éclairs brefs et d'autres plus longs, aucun doute : c'était aussi du morse.

– Des gens ont vu nos signaux ! Ils répondent !

Amanda m'a demandé :

– Et il dit quoi, leur message ?

– Aucune idée. Je ne connais pas le morse, je sais juste écrire « SOS » !

Amanda a pointé sa longue-vue de pirate vers la lumière.

– Ça vient du Cap Locke ! Celui qui envoie ça est en haut du beffroi. Je règle la netteté.

Amanda a alors lâché son télescope, en poussant deux cris.

– HA AH !?
Douleur ou surprise ? Les deux : l'éclair lumineux l'avait éblouie, et ce qu'elle avait aperçu lui avait fait pousser ce « ah » étonné. Elle a ajouté :
– C'est Valentine qui nous a répondu !

Rapport 20 (suite)

De : Agente n° 0027
À : Agent n° 0054
Date : Nuit du samedi 19 septembre au dimanche 20

Bonjour agent n° 0054, c'est Amanda. Je viens de récupérer le rapport que Benjamin a laissé tomber entre nos sièges. Il s'est endormi en écrivant. Moi, j'ai été réveillée par une terrible envie de faire pipi. Enfin, ça n'est pas essentiel pour ce rapport. Rassure-toi, je viens d'aller aux toilettes, l'Hippopocar est équipé de WC.

Car nous sommes bien dans l'autobus à étages qui relie en temps normal le Cap Locke à Ostreville. Environ une demi-heure après avoir vu les signaux de Valentine, nous avons aperçu une nouvelle lumière qui se rapprochait de notre île : les phares de l'Hippopocar ! Le chauffeur-Pluche, Raymond Lotarie, nous a fait monter à bord. Il nous a dit qu'il a reçu un appel de l'école, lui demandant d'aller nous chercher sur l'île.
Est-ce un piège ? Qui lui a téléphoné, un humain ou Valentine ? Nous approchons maintenant de l'école et je me demande ce qui nous attend là-bas. L'essentiel est que nous sommes sortis vivants de l'île d'Opaque. On verra bien comment affronter Valentine une fois arrivés…

Je vais confier ce rapport à Raymond Lotarie, qui te l'enverra. Si tu n'as pas de nos nouvelles, c'est que Valentine nous a bien tendu un piège !

Rapport de mission n° 021

Objet : L'envers de d'Ante

De : Amanda (agente n° 0027)

À : Irving (agent n° 0081)

Rapport tapé à : Cap Locke
Date : Dimanche 20 septembre

Nous t'envoyons ce nouveau rapport plus vite que prévu, car les évènements se précipitent !
Dix minutes après avoir écrit le précédent rapport, nous arrivions enfin près de l'école.
Quelqu'un nous attendait à l'arrêt de bus. Une silhouette trop grande pour être la ratonne laveuse… Lorsque les phares de l'Hippopocar l'ont éclairé, nous avons reconnu le comte d'Ante ! Nous sommes sortis et l'avons approché avec méfiance. Il nous a dit :
– J'ai repéré vos signaux. Ça disait « LOL LOL LOL LOL… » Je me suis demandé un moment ce qu'il y avait de drôle, avant de comprendre que c'était peut-être « SOS » mal écrit ! Et j'ai aussitôt appelé l'Hippopocar pour qu'il aille vous chercher.
Benjamin s'est lancé dans des explications maladroites :
– Ah oui, je me suis emmêlé les pinceaux avec le morse. Mais il y a plus grave : nous pensons que notre appel a aussi été vu par une ratonne laveuse nommée Valen…
Je lui ai envoyé un coup de coude pour le faire taire. Inutile de raconter tous nos secrets au professeur tant qu'on n'en savait pas plus sur lui…

Le comte a alors lâché cette phrase énigmatique :
– Valentine, je sais. Suivez-moi, j'ai des nouvelles graves à vous transmettre…

Il nous a fait entrer dans l'école par la petite porte de service, et nous sommes aussitôt montés dans l'ascenseur des professeurs. Direction : le sommet du Big Beff. Une surprise nous attendait dans la salle du C-COUL… Sur le calculateur était perché un oiseau majestueux.

– Vous connaissez Barbara, je crois, a commenté le comte d'Ante. Elle vient d'apporter un message de Nordburg, écrit par Eleonora Florimont… Des mauvaises nouvelles, hélas.

Voici la lettre en question.

LE GRAND THÉÂTRE
Tortinelli
Nordburg

Grand Théâtre Tortinelli, Nordburg
Pour Benjamin et Amanda
Cap Locke

Chers Benjamin et Amanda,

Je viens de recevoir un courrier très inquiétant de ma sœur, Cassandra. Elle a fait prisonnier votre ami Irving. Il était entré dans son usine : en effet, c'est elle qui dirige la compagnie Supernature. J'aurais dû vous le dire plus tôt, mais j'ai tellement honte de cette sœur riche, puissante et méchante que je n'ose pas en parler, même à mes amis les plus chers.

Apparemment, Irving est allé là-bas pour retrouver mon ballon dirigeable, qui se trouve également aux mains de cette mijaurée (un mot que vous ne connaissez peut-être pas, mais qui n'est pas aimable), et elle l'a capturé !

Je vais faire tout mon possible pour la convaincre de libérer votre ami. Elle est capable du pire, mais je pense qu'elle n'osera pas lui faire de mal, au moins tant qu'il lui sera utile.

La vérité, je m'en rends compte aujourd'hui, c'est que Cassandra représente un vrai danger pour notre monde. Elle a inondé le pays de ses créatures, sans jamais se soucier de leur bien-être ; et grâce à ses Pluches, elle est aujourd'hui capable de contrôler et d'espionner ses clients – c'est-à-dire tout le monde !

Quoi qu'il arrive, restez à distance de cette femme maléfique, je vais faire tout mon possible pour qu'elle libère Irving.
Je confie cette lettre à une messagère de confiance, qui saura vous atteindre plus vite que tout autre service postal.

À bientôt, avec de bonnes nouvelles j'espère.

E.F.

Rapport de mission n° 021 (fin)

Objet : L'envers de d'Ante

De : Amanda (agente n° 0027)

À : Irving (agent n° 0081)

Rapport tapé à : Cap Locke
Date : Dimanche 20 septembre

C'est avec une grande inquiétude que nous avons appris que tu es prisonnier à l'usine Supernature ! J'écris ce rapport en espérant que nous réussirons à te le faire parvenir.

C'est Eleonora qui nous a appris cette triste nouvelle. Mais une chose m'a intriguée. C'est à l'aigle Barbara qu'Eleonora a confié sa lettre. Mais pourquoi l'aigle a-t-elle été la porter au comte d'Ante ?

Dès notre arrivée en haut du Big Beff, Barbara était venue se poster sur l'épaule du professeur. Une idée a germé dans mon cerveau. J'ai déclaré :
– Vous semblez bien ami avec Barbara. Elle est pourtant de nature méfiante… Comte Valéry Giscard d'Ante, vos initiales V.G.A. vous trahissent ! Et si vous étiez en réalité…
C'est d'Ante qui a terminé ma phrase :
– …A.G.V. ! Aurore-Glorieuse Vaillante ! Tu as bien deviné, Amanda ! J'ai pris l'identité du comte il y a plusieurs mois.
– Quoi ? Vous êtes donc une femme ? a fait remarquer Benjamin, qui n'est pas toujours très doué

pour deviner les secrets des gens qu'il côtoie tous les jours.
Tout en posant le doigt sur sa barbiche, notre interlocuteur a expliqué :
– Grâce à cette fausse barbe du théâtre Tortinelli, l'illusion était parfaite. J'avais besoin de garder le secret sur mon projet révolutionnaire !
Le comte/Aurore-Glorieuse a souri, et nous a fait signe de la suivre.
– Il est temps, je crois, de tout vous révéler.

Elle s'est approchée du C-COUL. L'odeur aigre de l'appareil m'a une fois de plus saisie à la gorge, et Benjamin a fait « Beurk ! Mais ça sent le pipi de chat, ici ». D'Ante/Vaillante a sorti une clé de sa poche, a ouvert la petite porte qui permet d'accéder à l'intérieur de la machine, et nous a fait signe d'entrer.

Benjamin m'a regardée avec un air interrogateur. Et si c'était pour nous y enfermer ? Je lui ai fait une grimace pour exprimer mes soupçons. Benjamin a murmuré « tu as raison, on y va ! ». Il n'est vraiment pas doué pour décoder mes expressions… Ou cela veut dire qu'il me suivrait même en enfer ?

Donc, nous sommes entrés dans la machine. Et en effet, la surprise qui nous attendait était de taille… Je laisse Benjamin terminer ce rapport car il y joue un rôle important.

Rapport de mission n° 021 (fin)

Objet : L'envers de d'Ante

De : Benjamin (agent n° 0054)

À : Irving (agent n° 0081)

Rapport tapé à : Cap Locke
Date : Dimanche 20 septembre à l'aube

En entrant dans le C-COUL, on s'attendait à se faufiler entre des tas de circuits électriques, de câbles, des cuves pleines d'algues connectées à des machines compliquées. Mais le C-COUL ne contient rien de tout cela. C'est une immense boite presque vide !

Une sorte de dortoir. Des lits superposés, des tables, un sol couvert de boites de conserve et d'emballages de pizza, les fiches recopiées par les élèves dispersées un peu partout. Pas d'électro-machin, pas d'algues intelligentes ! Et dans ce camp bricolé, une quinzaine de Pluches, certains endormis, d'autres en train de manger des nouilles ou de jouer aux dominos. Le cliquetis qu'on entendait du dehors, c'était des belettes qui claquaient leurs pions sur une table de camping ! Il y avait aussi deux canards qui pinçaient les cordes d'un banjo, ce qui faisait « Pling ! Pling ! » : à peu près le genre de son que ferait un superordinateur qui a terminé un calcul ultra-compliqué.

Pas de décoration. Juste des plantes en pot, un poster « Vacances au Peskio » ; et sur toute la hauteur du mur du fond, le mot A.M.O.U.R. peint en rouge.

Et du haut d'un escalier en fer, « ma » ratonne laveuse Valentine nous observait – avec un air maléfique ! J'ai aussitôt crié :

– C'est un piège !

Heureusement, je m'étais préparé à un coup fourré dans ce genre. J'avais dissimulé mon arme secrète dans ma poche. Avant que la cheffe des Pluches sauvages ait pu dire un mot, j'ai gravi les marches qui nous séparaient, et j'ai brandi mon arme, tout en criant :
– Personne ne bouge, ou c'est Valentine qui va prendre !

Mon couteau à beurre n'était qu'à quelques millimètres de son cou poilu. Très lentement, elle a levé les bras, enfin, les pattes avant, et a dit avec un ton implorant :
– Pitié, Benjamin. Je me rends.
J'allais lui répondre par un discours triomphal, quand j'ai entendu toute la salle éclater de rire, Valentine aussi.

Les Pluches sauvages étaient pliés en deux, en particulier deux musaraignes au rire si aigu qu'il me faisait mal aux oreilles. Apparemment, ma démonstration de force ne les avait pas impressionnés.

Aurore Vaillante/d'Ante aussi pouffait en me regardant. Valentine a ajouté sur un ton moqueur :
– Sinon, quoi ? Tu vas me beurrer à mort ?
À ce moment, même Amanda s'est mise à rire.

J'aurais préféré affronter la tempête, les vagues qui m'auraient englouti, comme le héros de l'opérette « La Fille du pêcheur ». J'ai regardé mon petit couteau à beurre et je l'ai remis dans ma poche.
Aurore a interrompu cette scène gênante.
– C'est très brave, ce que tu as fait, Benjamin. Mais heureusement, personne ici ne veut se battre contre vous. C'est moi qui ai créé cette cachette pour Valentine et sa troupe. Depuis le début, j'avais construit le C-COUL pour en faire leur refuge secret et récupérer les informations de l'école. Car mon projet, c'est de m'en servir comme base pour lutter contre Cassandra et Supernature ! Il est temps d'unir nos forces.

Je me sentais idiot, ridicule et trahi. Même Amanda n'a pas protesté ! Alors, j'ai montré Valentine et j'ai dit :

– Pas si vite ! Pourquoi devrions-nous maintenant faire confiance à cette créature qui a séquestré ma famille, tenté d'enlever mon ami Irving, et qui nous espionne depuis le début de l'année ?

Valentine m'a tapoté l'épaule en disant :
– Benjamin, désolée pour tous les mauvais tours qu'on vous a joués. Mais il faut que je mette fin à l'injustice. Tout ce que je voulais, c'était réunir des Sur-Pluches pour mener ce combat à mes côtés. Irving serait un allié formidable dans ma lutte, mais vous avez cru que je lui voulais du mal. Promis, maintenant on va le tirer de là.

Amanda a hoché la tête, et elle a ajouté :
– Benjamin, je crois que depuis le début, on se trompe d'ennemis. Valentine n'a pas été correcte, mais maintenant, c'est évident : la vraie méchante, c'est Cassandra ! Et c'est elle qui tient notre ami.

Valentine a descendu son escalier, en couinant aux autres Pluches :
– Allez ! On y va ! Il faut délivrer Irving et en finir avec l'ennemie. Cette fois, c'est du sérieux.

Elle s'est retournée vers nous, et a ajouté en faisant un clin d'œil :
– Les agents du S.M.A.C.K. ! C'est pas le moment d'aller vous coucher. La révolution nous attend !
Aurore-Glorieuse nous a fait signe de la suivre.

– Nous partons immédiatement au secours de votre ami Irving. Venez avec nous, sans quoi il risque de ne pas nous faire confiance !
J'ai protesté :
– On a quand même le droit de savoir ce que vous mijotez, tous, ici !

La fausse comte a sorti de sa poche un papier, et nous l'a donné :
– Je n'ai pas le temps de tout vous raconter ! Les réponses à vos questions sont sur ce document : vous les lirez pendant le voyage ! Tous dans l'Hippopocar ! Raymond Lotarie va nous emmener à l'usine Supernature.

Il est grand temps de réaliser l'opération A.M.O.U.R. !

Tout ce que vous voulez savoir sur l'A.M.O.U.R. sans oser le demander

par AGV/VGA

1 – *Que signifie « A.M.O.U.R. » ?*

Ce sont les initiales de « Animaux Modifiés, Organisons Une Révolution ! ».

2 – *Une révolution ? Vous voulez donc prendre le pouvoir ?*

Ce que nous voulons, c'est un monde plus juste. Il est temps de libérer les animaux modifiés, aussi appelés Pluches, qui sont les esclaves des humains !

3 – *Les Pluches, des esclaves ? Mais ils sont tellement mignons ! Et rigolos !*

Et alors ? Comment appelez-vous des gens qui travaillent pour vous gratuitement, sans autre droit que de vous obéir ?

4 – *Mais ça veut dire que les Pluches vont se retourner contre les gens ? C'est un peu violent, non ?*

Ce qui est violent, c'est ce que subissent les Pluches : fabriqués comme des objets, condamnés aux travaux les plus durs ou idiots, et mis à la poubelle quand ils sont usés.

5 – *Oui, mais enfin, vous voulez faire du mal aux humains?*
Le mieux serait que tous les humains acceptent de libérer leurs Pluches.

6 – *Qui est derrière cette histoire de révolution? Je suis sûr que tout cela est organisé par des personnes avides de pouvoir!*
Pas du tout. Enfin, presque pas. Tout a commencé par un mouvement anti-Pluches nommé Genre humain. Il voulait expliquer aux gens qu'ils n'ont pas besoin des Pluches et que ce «progrès» est mauvais pour tous. Mais presque personne n'a envie de se séparer de ces serviteurs si mignons et pratiques. Alors, l'une des fondatrices de Genre humain a décidé de passer aux choses sérieuses.

7 – *Cette fondatrice, ce ne serait pas vous: Aurore-Glorieuse Vaillante!*
Oui, c'est moi. Il y a plusieurs années, j'ai rencontré Claude Dagobert, une scientifique qui avait créé des «Sur-Pluches». Des animaux modifiés sauvages et libres, qui ne sont pas programmés pour obéir aux humains. J'ai compris que c'était ça, le moyen de rétablir la justice. Et j'ai décidé de les réunir pour prendre la tête d'une révolution des Pluches.

8 – *Mais ils étaient nombreux, ces Sur-Pluches?*
Non, cinq seulement. Grim le loup et Phinéas le renard étaient un peu trop brutaux à mon goût. L'aigle Barbara était mon amie, mais elle n'a pas voulu se joindre au mouvement, elle est très indépendante.

L'ourson Irving était encore trop jeune et ne pensait qu'à manger. On a récemment essayé de l'enrôler de force, mais ça n'a pas marché. Bon, au final, seule Valentine pouvait diriger ce projet.

9 – *Vous ne croyez pas que c'est un peu juste pour faire une révolution ?*
Nous avons progressé : cet été, Valentine a créé une véritable armée de nouveaux Pluches sauvages. Enfin, une vingtaine. Et nous avons des forces aériennes.

10 – *Quoi ? Vous avez des avions de combat ?*
Pas vraiment, un ballon dirigeable. Enfin, on ne l'a plus. Il s'est écrasé. Mais tous les Pluches sauvages qui étaient à bord sont indemnes.

11 – *Et c'est quoi ces nouveaux Pluches sauvages ? Des lions, des sangliers, des rhinos ?*
Essentiellement des musaraignes, des belettes, des canards et des lièvres. Il y a un blaireau aussi, quand même. C'est assez gros, un blaireau.

12 – *Sérieusement, vous pensez faire une révolution avec vingt bestioles et un dirigeable crevé ?*
Oui, voilà, on y croit à fond. D'autres questions ?

13 – *Pourquoi vous déguiser en « comte d'Ante » ?*
J'ai toujours eu envie d'avoir une barbiche. Et puis, j'avais peur que si je gardais ma véritable identité, mes amies essaient de me décourager de lancer l'A.M.O.U.R. En me faisant passer pour un professeur auprès du Cap

Locke, j'ai réussi à les convaincre de me laisser fabriquer le C-COUL.

14 – *Alors : parlons du C-COUL... Pourquoi cacher les Pluches dans un faux calculateur ?*

Je cherchais un endroit où dissimuler les Pluches sauvages, et j'avais besoin d'accéder aux archives du Cap Locke pour découvrir les points faibles de Supernature. En installant Valentine et ses compagnons dans une fausse machine, que les élèves de l'école devaient « nourrir » d'informations, je réalisais d'un seul coup ces deux objectifs.

15 – *Bien, donc vous avez trouvé le point faible de Supernature ?*

Hum, j'ai découvert quelques trucs intéressants sur la façon dont les Pluches sont fabriqués et contrôlés, oui. Mais je n'ai pas trouvé le vieux cahier du Club des quatre, que nous avions fait avec Cassandra quand nous avons imaginé ensemble les premiers Pluches. Je sais qu'elle y a laissé une information importante...

16 – *Ah, justement, à propos de ce vieux cahier...*

Non, là on n'a plus le temps. Il faut agir !

L'A.M.O.U.R. vaincra !

Le Grand Jour de l'A.M.O.U.R.

Par Irving, Benjamin et Amanda

Nous écrivons ensemble ce compte-rendu détaillé des évènements survenus le 20 septembre dans la Mégaplucherie Supernature de Mondésir. Chacun a fait appel à ses souvenirs pour rendre avec le plus de détails possible ce moment important de l'histoire des Pluches et des humains.

Le Grand Jour de l'A.M.O.U.R.

PARTIE 1 : Dans la Mégaplucherie

Par Irving

J'ai été fait prisonnier par Cassandra le samedi 19 en fin d'après-midi. Deux Pluches-molosses vraiment pas commodes m'ont sorti de force des toilettes pour humains. Ils m'ont traîné jusqu'à un ascenseur. Encadré par ces deux gardes, je suis arrivé tout en haut de l'usine. L'ascenseur s'est ouvert sur une salle ronde, entièrement vitrée, placée dix mètres au-dessus des machines.

Cassandra m'attendait dans cette pièce. Elle m'a souhaité la bienvenue :

– Te voilà donc, Irving. Un « Sur-Pluche » ? J'avoue que je suis un peu déçue. Je m'attendais à une créature plus impressionnante. Tu n'es pas un grizzly, toi, hein ? Plutôt un gros ourson. Je ne pense pas que tu sois bien dangereux. Qu'en penses-tu, Moloch ?

Le plus gros des deux chiens a répondu :
– Il n'a pas opposé de résistance à son arrestation. Et j'ai vérifié son sac : il contient seulement des baies cueillies dans la forêt, et un stylo presque vide.
– Très bien, vous pouvez lui laisser ! Tu vois, on ne te traite pas si mal. Pour le moment.
C'est un privilège d'être ici : par ces fenêtres, tu as une vue magnifique. Inutile d'essayer de les casser, tu te blesserais pour rien. Contente-toi d'admirer toute mon usine Supernature.
Tu vas constater que les Pluches qui y travaillent sont très heureux de leur sort. Ils ont tout ce qu'il faut pour leur confort : un environnement de travail adapté à leurs besoins, des tâches variées et amusantes, une nourriture équilibrée et non toxique.

En effet d'ici je pouvais observer toute l'usine. Et de toute l'usine, on pouvait me surveiller. Une large citerne ronde était située juste en dessous de nous.

– Ah, tu as vu la citerne de Supermiam qui est sous nos pieds ? C'est elle qui fournit cette délicieuse

nourriture « nécessaire et suffisante » à mes employés. Un parfait mix de vitamines, de nutriments et de stimulants chimiques, qui leur donne l'énergie pour travailler douze heures d'affilée tout en gardant un excellent moral.
Tu peux y goûter, si tu veux : il y a un distributeur automatique dans la salle, c'est gratuit !
Au cas où tu penserais à sortir de cette salle, sache que l'ascenseur fonctionne avec un code que je ne te donnerai pas. Mais tu peux essayer au hasard, il y a juste 1 238 964 combinaisons possibles !
Cassandra a conclu :
– Je dois redescendre car j'ai beaucoup de choses à régler dans cette usine, tu dois t'en douter. J'espère que tes petits amis du S.M.A.C.K. et la racaille des Pluches sauvages viendront bientôt te chercher !
Avant de reprendre l'ascenseur, elle a ajouté :
– Il m'a fallu bien des efforts pour t'attirer ici, mais te voilà !
– M'attirer ici ?
– Bien sûr ! En écrivant à ma sœur, je me doutais bien qu'elle t'enverrait pour récupérer son ballon.

Elle a toujours su utiliser ses amis pour faire ses corvées…
– Et pourquoi vouliez-vous que je vienne dans votre horrible usine ?
Cassandra n'a pas relevé cette critique, elle m'a juste fait un sinistre sourire et a répondu tout en entrant dans l'ascenseur :
– J'espère bien que les autres Pluches rebelles vont venir à ton secours ! Grâce à toi, j'ai l'occasion d'en finir avec toutes ces créatures sauvages qui font tant de mal à la réputation de mon entreprise ! Il faut que ce soit très clair : les Pluches, ce ne sont pas des bêtes sauvages mais des produits sans aucun défaut.
La porte de l'ascenseur se refermait… J'ai crié :
– Quoi ? C'est tout ? Vous n'avez pas de plans pour conquérir le monde ? Vous ne m'interrogez pas ?

Cassandra a bloqué la porte de l'ascenseur, le temps de me répondre en soupirant :
– Je n'ai pas de plan pour conquérir le monde. Mes Pluches sont déjà dans chaque maison, et je gagne assez d'argent pour faire tout ce qui me plait. T'interroger ? À quoi bon, je sais tout sur toi !

Pourquoi crois-tu que je t'ai offert des ractylos ? Ils m'ont transmis tous tes rapports avant même que tes amis les reçoivent !

DING !

La porte s'est enfin fermée. Et elle est descendue avec ses molosses, me laissant seul dans la salle.

J'ai regardé autour de moi à la recherche d'une sortie. Aucune porte vers l'extérieur.

La pièce contenait juste une table et un canapé fixés au sol et le distributeur de croquettes Supermiam. Une petite porte donnait sur des WC et un lavabo, sans qu'il soit dit s'ils étaient pour humains ou pour tous.

Je me suis vite ennuyé. J'ai mangé des croquettes du distributeur, qui n'ont pas vraiment de goût, mais au moins ça a calmé ma faim. Puis je me suis autorisé quelques fraises de mon sac, en prenant soin de garder le reste pour plus tard, au cas où je resterais ici longtemps. C'était une très bonne décision, comme on s'en est rendu compte ensuite…

La nuit a fini par tomber. En bas, l'usine continuait à fonctionner : des ouvriers-Pluches se relaient toutes les huit heures, la Mégaplucherie ne s'arrête jamais, même le dimanche.
J'ai fini par me coucher sur le canapé en espérant que le lendemain quelqu'un viendrait à mon aide… Mais je ne savais pas encore qui.

Le Grand Jour de l'A.M.O.U.R.

PARTIE 2 : Le commando de l'Hippopocar

Par Amanda

Pendant qu'Irving dormait encore, on volait à son secours. Enfin, roulait à son secours, plutôt, puisqu'on était reparti dans l'Hippopocar.
Nous avions embarqué très tôt au Cap Locke, avec Aurore-Glorieuse et les Pluches sauvages de Valentine. Barbara n'était pas du voyage : elle est repartie vers Nordburg, porteuse d'un message destiné à prévenir Eleonora des derniers

évènements. Le bus à deux étages était cette fois plein de bruits et d'odeurs !
La route était longue, et Benjamin et moi en avons profité pour dormir, car la nuit avait été courte.
Nous nous sommes réveillés quand le car a fait une halte à la gare de Mondésir. Là, Valentine est allée dans la forêt pour chercher des renforts.

Pendant cette pause, j'ai sorti le cahier du « Club des quatre » pour le montrer à Aurore. Elle était émue de retrouver cette relique de sa jeunesse.
Je lui ai demandé si elle savait ce que signifie l'air de musique de la dernière page, « Fa si ré », et elle a rigolé en me rendant le cahier :
– Fa si ré ? Ce n'est même pas une mélodie…
Cassandra était déjà jalouse de mes talents de compositrice, elle ne connaissait rien à la musique. Tout ce qui l'intéressait, c'était le dessin, les codes et les secrets…

À ce moment, Valentine est revenue avec une troupe… vraiment bizarre !
Des Pluches rebelles, des évadés de l'usine, des « tombés du camion », des produits défectueux

mis à la déchetterie… Une bonne trentaine de compagnons plus ou moins valides : trois boucs armés de marteaux et de tournevis, des caniches déguisés en bandits des forêts, des chats venus au débotté, des canaris bègues… Bestioles pas très reluisantes, mais décidées à se venger enfin de leur créatrice, Cassandra !

Aurore-Glorieuse les a installés au deuxième étage du bus et leur a donné des biscuits pour Pluches, en commentant :
– Bienvenue à bord ! Nous allons montrer à Cassandra que ses esclaves n'ont plus peur d'elle !
L'A.M.O.U.R. est en marche.
Et le car a pris la route qui mène à l'usine.

Le Grand Jour de l'A.M.O.U.R.

PARTIE 3 : À l'assaut de Supernature

Par Benjamin

Aurore-Glorieuse s'est assise derrière nous, en disant :
– Alors, prêts à affronter Cassandra et ses enfants ?
– Ses enfants ? a demandé Benjamin. Je ne savais pas qu'elle en avait.
– Façon de parler, a répondu Aurore-Glorieuse. Je parle de ses Pluches. Sais-tu exactement comment ils ont été « améliorés », Benjamin ?

J'ai hésité un bon moment avant de répondre, comme si je passais un contrôle d'histoire des sciences.

– Eh bien… leurs corps ont été modifiés pour permettre de faire plein de trucs. Par exemple, leurs pattes ressemblent à nos mains.

– En effet. Et leur cerveau ?

– Il a été amélioré aussi… euh… pour parler, tout ça.

AGV a hoché la tête.

– Oui, Cassandra leur a transmis des talents spéciaux… Pour cela, elle a ajouté à tous ses Pluches des gènes humains – ses gènes à elle ! On peut donc dire qu'ils sont ses enfants.

L'Hippopocar arrivait à proximité de l'usine. Aurore-Glorieuse s'est levée, et elle a ajouté d'un air rageur :

– Mais on ne peut pas dire qu'elle soit une bonne mère. On va lui rappeler ses devoirs ! Chauffeur, on rentre directement dans l'usine. Il faut passer en force !

Mais au lieu de foncer, le car a freiné très brusquement. Je me suis cogné contre Amanda qui était debout dans l'allée centrale, et le contenu de mon sac à dos s'est éparpillé sur le sol. Mon canif, mes pansements et mes précieuses fraises *Tagamanda* ont glissé sous le siège de devant.

Un bouc gris nommé Garp m'a aidé à ramasser mes affaires. Il a attrapé une fraise en s'écriant :

– Oh ! Ça sent bon !

– Tu peux la manger !

– Je le garde pour plus tard ! Merci !

J'ai enfin vu pourquoi l'Hippopocar s'était arrêté net. Un minuscule employé de Supernature, un hamster en gilet orange fluo, se tenait quelques mètres devant notre véhicule, une pancarte « stop » à la main. Et notre chauffeur Raymond Lotarie avait obéi.

– Voilà le vrai pouvoir de Cassandra ! a grommelé Aurore-Glorieuse. Tous les Pluches sont soumis à sa volonté. Même Raymond, notre brave chauffeur, ne peut pas lutter contre ça. Pousse-toi, Raymond, je prends le volant !

D'un coup de Klaxon, Aurore a alerté le hamster, qui a eu juste le temps de faire un bond de côté pour éviter le véhicule. La poétesse révolutionnaire a foncé vers l'entrée de l'usine, et conduit l'autobus directement au cœur du bâtiment.
Elle a appuyé d'un index vengeur sur le bouton « ouverture des portes » en criant :
– Terminus, tout le monde descend ! A.M.O.U.R. ! « Animaux Modifiés, Organisons Une Révolution ! »

Annexe :
Plan de la Mégaplucherie Supernature

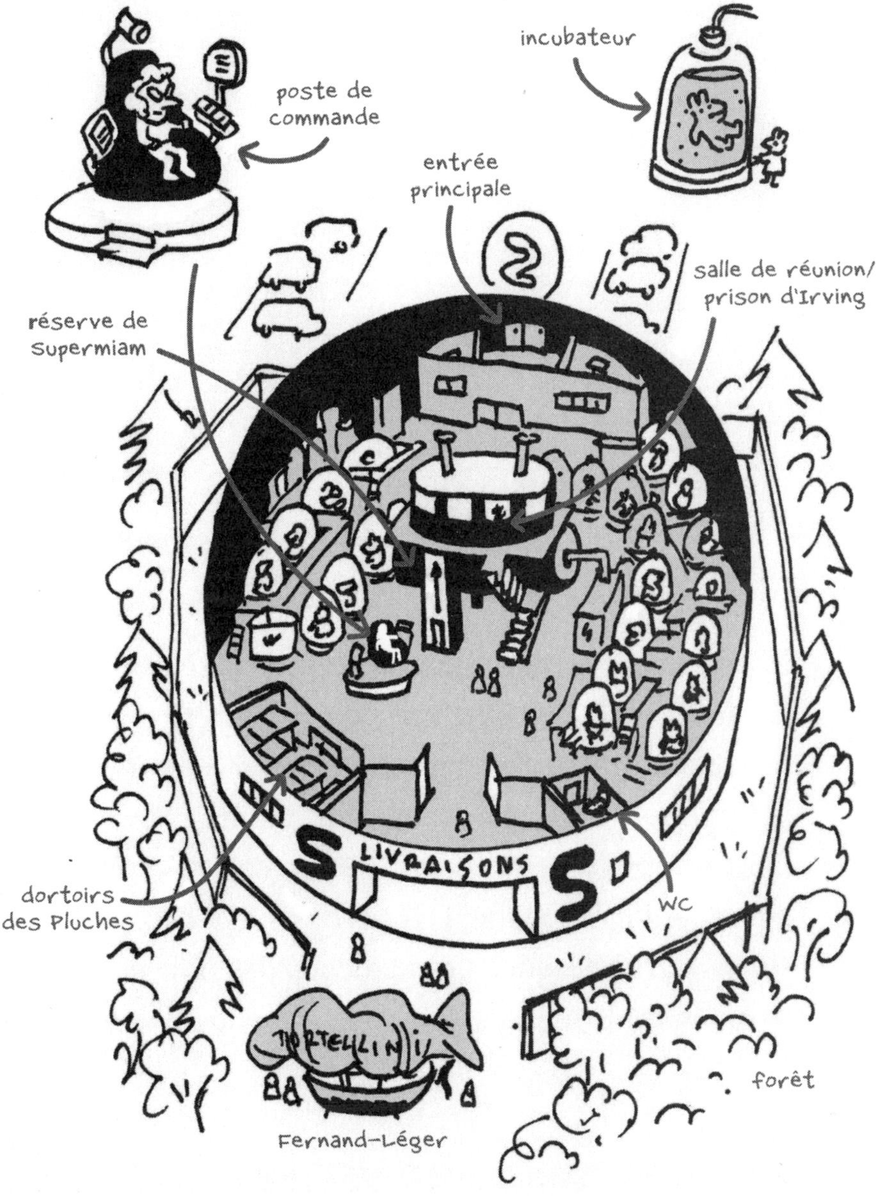

Le Grand Jour de l'A.M.O.U.R.

PARTIE 4 : Enfin libre ?

Par Irving

Je ne sais pas combien de temps j'ai dormi. Personne n'était venu me voir depuis la veille, ni Cassandra ni ses gardes. C'est le klaxon de l'Hippopocar qui m'a réveillé en sursaut.
J'ai vu ce bus à deux étages qui venait de s'arrêter dans la salle de l'usine. Des tas de Pluches en sont sortis, parmi lesquels les caniches des bois et les trois boucs. Je me suis demandé s'ils étaient venus

me libérer, ou si Cassandra les avait déjà fait prisonniers.

Des humains sont à leur tour sortis du car, pour ma plus grande joie : Benjamin et Amanda, avec une femme que je ne connaissais pas.

Douze mètres sous mes pieds, ça a vite été la pagaille dans l'usine. Les chats chargés du nettoyage, particulièrement curieux, avaient laissé leurs balais pour voir ce qui se passait. D'autres Pluches-ouvriers abandonnaient leurs manettes et leurs outils pour regarder les nouveaux venus.
Si je voulais m'échapper, c'était maintenant !
Et j'avais un plan.

Je me suis dirigé vers le distributeur de croquettes Supermiam, et je l'ai serré dans mes bras comme si c'était ma maman (enfin, je suppose, vu que je n'ai jamais eu de maman). Puis j'ai tiré de toutes mes forces.
Il était plus lourd que je ne l'imaginais. J'ai poussé sur mes pattes arrière, j'ai hurlé « Groar ! », et je l'ai arraché du sol. Un jet de croquettes est

aussitôt sorti du plancher ! La machine était reliée à la citerne des Supermiam, juste en dessous.

Sans prêter attention aux croquettes qui me retombaient dessus, j'ai soulevé l'appareil, et je l'ai projeté sur la baie vitrée.
Comme je l'espérais, le verre blindé n'a pas résisté, et la fenêtre a volé en éclats dans un grand « Bling ! ». Le distributeur s'est écrasé huit mètres plus bas, sur un générateur électrique.
J'ai aussitôt entendu des « miaou », des « couic ! » et des « wouf ! » : des dizaines de Pluches-ouvriers accouraient, attirés par les croquettes tombées du distributeur.

Je suis sorti par la fenêtre brisée, et je me suis laissé tomber sur la citerne des croquettes, reliée au sol par un escalier en métal. La liberté était à quelques marches de moi…

Le Grand Jour de l'A.M.O.U.R.

PARTIE 5 : Le triomphe de Cassandra

Par Amanda

Les Pluches sauvages de Valentine s'étaient éparpillés entre les machines, et commençaient à discuter avec les ouvriers. Les Pluches de la forêt, boucs en tête, tentaient de saboter les machines avec leurs outils, leurs cornes ou leurs petites dents.

Je me suis tournée vers Aurore-Glorieuse, et je lui ai demandé :
– Et maintenant, c'est quoi, notre plan ?
– Les Pluches sauvages vont convaincre les ouvriers de l'usine de se révolter. Ça fait un mois qu'ils écrivent des discours, dans le C-COUL. Il suffit qu'ils cessent de travailler pour que l'usine soit en panne, et que les Pluches se libèrent enfin de l'injuste domination. Personne n'arrêtera l'A.M.O.U.R. !

À deux mètres derrière moi, une musaraigne, montée sur un bidon d'huile, interpellait une équipe de canards en bleus de travail.
– Camarades Pluches ! Stoppez ce travail infâme, ne fabriquez plus d'autres esclaves ! Les Pluches doivent être libres ! Vous avez les mêmes droits que les humains…
Les cols bleus écoutaient, plus intrigués que convaincus.

À ce moment, dans un vacarme de fin du monde, un gros appareil est tombé du haut de la salle, et s'est écrasé sur un des générateurs électriques. La

lumière s'est éteinte dans un quart de l'usine. De la machine explosée tombait une pluie de croquettes. Cette fois, les Pluches ont commencé à quitter leurs postes de travail pour les ramasser.
Benjamin a montré le plafond :
– C'est Irving, tout en haut !
Notre ours favori était sur une énorme citerne accrochée au plafond de l'usine.

Cassandra, assise à son centre de contrôle, observait tout cela avec calme. Elle a mis sur sa tête une sorte de gros casque plein de fils et d'antennes, et a pris un air concentré. Ses deux molosses se sont aussitôt précipités vers l'escalier qui montait à la citerne. J'ai vu Irving, qui avait commencé à descendre par le même chemin, faire demi-tour et se cacher derrière le poste de commande de la citerne. Il était coincé !

Les Pluches ouvriers sont revenus sagement à leurs postes, et même nos camarades de la forêt, boucs, caniches et autres rebelles, ont cessé leurs actes de sabotage et se sont assis sur le sol.
Autour de nous, la révolution de l'A.M.O.U.R. semblait stoppée net. Les deux molosses étaient presque en haut de l'escalier où Irving les attendait, juste armé de son sac à dos.

Aurore-Glorieuse n'avait pas abandonné pour autant. Elle essayait de convaincre les employés d'abandonner leur poste.
– Réveillez-vous ! Vous n'êtes pas obligés d'appliquer ces stupides lois des Pluches et d'obéir à Cassandra ! Prenez exemple sur vos frères libres !
Mais les « frères libres » semblaient hébétés.
Garp le bouc s'était assis sur une caisse. Il a sorti ma fraise *Tagamanda* ramassée dans l'Hippopocar, et a commencé à la ruminer.

Le rire de Cassandra a résonné dans la salle.

La patronne de Supernature a lancé à Aurore-Glorieuse :
– Admire ma dernière invention : le réseau Interbêtes ! Mon casque me relie directement à tous mes Pluches. Ce que je leur ordonne, ils l'exécutent aussitôt ! Dans le pays tout entier ! Votre mignonne petite révolution n'a aucune chance.

Les Pluches sauvages de Valentine étaient encore libres de leurs mouvements, mais le découragement les gagnait : comment convaincre des zombis de se rebeller ?

Je remarquais alors qu'il arrivait quelque chose à Garp. Le bouc était devenu tout rouge et éternuait sans cesse. On aurait dit qu'il était allergique à quelque chose…

Je l'ai montré à Benjamin, espérant qu'il aurait un plan génial pour retourner la situation. Mais il était en train de réciter les lois de la Smartfaune, comme on dirait une prière. Croyait-il que cela allait nous sauver ?

Les lois de la Smartfaune

1– Un Pluche ne doit jamais embêter un être humain ou lui faire du mal.

3– Un Pluche doit obéir, dans la mesure de ses capacités, à son propriétaire, sauf si cela enfreint la première loi.

4– Un Pluche doit veiller à sa propre sécurité, sauf si cela contredit les lois 1 ou 3.

5– Un Pluche ne doit pas entraver le travail d'un autre Pluche, ou le mettre en danger, sauf si cela enfreint les lois 1, 3 ou 4.

6– Il n'y a pas de loi 2.

Le Grand Jour de l'A.M.O.U.R.

PARTIE 6 : Au nom de la loi...

Par Benjamin

J'étais en train de répéter les lois des Pluches, pour y chercher une idée, une faille qui nous permettrait de rompre le contrôle de Cassandra sur ses esclaves, quand Amanda m'a interrompu.

– Stop, Benjamin ! Ce qui est important, c'est ce qui n'est PAS écrit dans ces lois ! La loi numéro 2 ! Donne-moi le cahier du « Club des quatre ».

Je lui ai tendu le cahier qui était dans mon sac. Sa couverture était toute collante à cause des fraises *Tagamanda* éparpillées au fond.
Elle l'a feuilleté jusqu'à retrouver le tout premier brouillon des fameuses lois, et a poussé un cri de triomphe, avant de me lire à voix basse :

Loi numéro 2 : Les Pluches ne doivent en aucun cas ingérer des aliments pouvant provoquer des allergies.

Des allergies... Comme Garp qui était en train d'éternuer ? Et si c'était ça, le point faible de Cassandra ? J'ai repensé à son code bizarre, « fa si ré ». Et j'ai enfin fait le lien.
– Ces notes ! C'est comme dans « La fille du pêcheur » !
J'ai plongé ma main dans mon sac, tout en courant vers Cassandra...

En me voyant foncer vers elle, Cassandra a éclaté d'un rire moqueur. C'était exactement ce que j'attendais. J'ai lancé vers sa bouche grande ouverte l'objet que je venais de saisir : une fraise *Tagamanda*.

La friandise rouge a traversé les airs comme une météorite sucrée.

Tous les dimanches passés à jouer au minigolf chez mes parents n'étaient pas du temps perdu ! J'ai vu le bonbon aux extraits de fruits cogner la lèvre inférieure de Cassandra, rebondir sur ses incisives, et retomber sur sa langue avant de rouler au fond de sa gorge. Je venais de marquer un point, un petit point pour Benjamin mais un grand point dans l'histoire des Pluches !

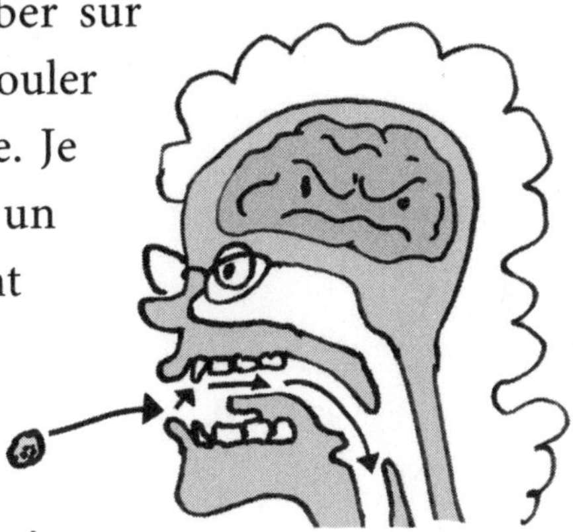

Faire « Gloups » a été la première réaction de Cassandra. Puis, presque aussitôt, elle est devenue rouge comme un piment. Ses yeux se sont remplis de larmes, avant qu'une terrible crise d'éternuements l'oblige à se plier en deux.

J'ai crié à Aurore-Glorieuse, qui regardait la scène sans comprendre :

– Tout était écrit. Cassandra Florimont avait noté son point faible. Avec les lettres « FA, SI, RÉ », on peut écrire « *fraise* » ! *Cassandra est allergique aux fraises ! Et ses Pluches aussi !*

Le Grand Jour de l'A.M.O.U.R.

PARTIE 7 : La fin des croquettes

Par Irving

Je m'étais accroupi entre les leviers de commande de la citerne à croquettes, espérant m'y dissimuler comme un serpent parmi des lianes. J'ai vu les deux Pluches-molosses arriver en haut de l'escalier. Ils avaient un air de zombis. On aurait cru deux robots lancés à mes trousses ! Puis, soudain, ils ont retrouvé leur expression normale. Elle n'était pas beaucoup plus rassurante, hélas.

C'est à ce moment que j'ai entendu Benjamin crier « allergique aux fraises ! ». Des fraises, j'en avais plein mon sac ! J'en ai aussitôt lancé une poignée à mes adversaires. Comme des chiens-chiens gourmands qu'ils étaient, ils ont happé ces friandises… et ont commencé à se rouler par terre en gémissant ! Ils étaient hors de combat.

Sans attendre, j'ai versé le reste de mon sac dans la citerne. J'ai compté jusqu'à dix en écoutant le bruit du malaxeur qui les mélangeait aux croquettes, et tiré le levier « vidage express ».
Des milliers de croquettes Supermiam au jus de fraises sont tombées d'un seul coup sur le sol de l'usine – et les Pluches-ouvriers, délivrés du contrôle de Cassandra, se sont précipités pour les déguster. Une minute plus tard, on n'entendait plus le bruit des machines, mais uniquement les éternuements des pauvres bêtes : l'usine Supernature était en panne !
Sans perdre un instant, j'ai descendu l'escalier et retrouvé mes amis.
Benjamin m'a sauté dans les bras, Amanda a fait une grosse bise sur mon museau, et la grande

dame que je ne connaissais pas m'a dit « Irving, vous venez de faire triompher l'A.M.O.U.R. ! »

LA GRANDE PANNE DES PLUCHES
(ou « la révolution des fraises »)

Explication scientifique
des évènements du 20 septembre
par Marthe et Jean-Joseph Brumm

Introduction

Les évènements qui ont bouleversé le pays le 20 septembre dernier ont déjà été largement commentés dans la presse : l'arrêt brutal de Supernature, et la grève des Pluches partout dans le pays, suivis de l'adoption de la DODUE (Déclaration Originale des Droits Universels des Êtres vivants) en remplacement des « lois de la Smartfaune ».

Tout cela inaugure une nouvelle ère, où animaux modifiés et humains vont tenter de vivre en harmonie – et où les humains vont devoir apprendre à laver leurs chaussettes tout seuls.

Il a suffi que Cassandra Florimont soit victime d'une grave allergie, pour que le lien « Interbêtes » entre la dirigeante de Supernature et ses créations soit rompu, et que les Pluches cessent d'obéir à son programme. Leur nature d'êtres pensants a alors pris le dessus, avec les conséquences que l'on a vues : grève et demande des Pluches d'obtenir les mêmes droits que les humains.

Nous allons dans les pages qui suivent détailler les mécanismes scientifiques derrière ces évènements.

(suivent 258 pages de génétique, théorie des Pluches, fonctionnement du système « Interbêtes » et recettes aux fruits rouges)

Épilogue

Triomphe de « La Fiancée du pêcheur » au Théâtre Tortinelli

(article paru dans *Nordburg Matin* du 23 octobre)

NORDBURG MATIN

VENDREDI 23 OCTOBRE

TRIOMPHE AU THÉÂTRE TORTINELLI

La foule se pressait ce 20 octobre pour la première de « La Fiancée du pêcheur », la nouvelle opérette d'Aurore-Glorieuse Vaillante et Eleonora Florimont.

Le ballon publicitaire Fernand-Léger

Eleonora Florimont répond à nos questions

Le public avait très envie de se distraire, après un mois de grève des Pluches qui l'a privé des spectacles fournis depuis des années par ces animaux (honteusement exploités, on le sait maintenant).

Le Grand Théâtre Tortinelli n'avait en tout cas pas été aussi rempli depuis bien longtemps. L'opérette est une merveille d'intelligence et de grâce.

Les décors de ce spectacle ont également attiré l'attention du public : on a appris qu'ils sont l'œuvre de Cassandra Florimont, l'ancienne dirigeante de Supernature. Après avoir démissionné suite à la récente grève, elle a finalement décidé de revenir à sa passion de jeunesse, la peinture de décors, avec succès !

Aurore-Glorieuse Vaillante nous confie qu'elle a passé plusieurs mois « dans un refuge tenu secret » pour trouver l'inspiration, et que ce sont finalement deux jeunes admirateurs qui lui ont proposé de récrire cette opérette qu'elle avait composée quand elle était lycéenne.

« J'ai juste revu la fin, qui était sombre dans ma première version. Sans dévoiler toutes les péripéties, je peux vous dire que le couple d'amoureux qui a su déchiffrer le code secret caché dans la partition triomphe de ses adversaires et partage un succulent goûter avec leur ami ours ! Je me suis inspirée d'amis très chers pour écrire cette dernière scène. »

Le final du spectacle, particulièrement joyeux, marquera longtemps les mémoires : le ballon dirigeable du théâtre a survolé la ville, avec à son bord la troupe des comédiens. Ils ont ravi les passants avec leur chanson « L'amour donne des ailes », qui va sûrement devenir le succès de cette fin d'année !

Nordburg Matin : *La grande salle du Théâtre Tortinelli était pleine pour cette représentation. Vous devez être soulagée, après des années de difficultés ?*

E. F. : *Ce qui me rend surtout fière, c'est que pour la première fois, on a vu dans la salle des spectateurs animaux. Les nouvelles lois sur le droit aux loisirs des Animaux Adaptés (on ne dit plus « Pluches » et c'est tant mieux) sont déjà un succès !*

Nordburg Matin : *On a vu aussi beaucoup de jeunes spectateurs. C'était votre volonté ?*

E. F. : *Oui, et nous avons spécialement invité des collégiens de l'internat du Cap Locke à cette représentation. Nous sommes reconnaissants à tous ces jeunes de nous montrer la voie d'une nouvelle société où tous ont leur place ! Un Animal Adapté sera d'ailleurs la vedette de notre prochain spectacle :* « Fantômeuh, la Vache de la nuit ».